見つめ合って恋を語れ

YOU
HIZAKI
火崎　勇

CHOCOLAT
BUNKO

ILLUSTRATION 砂河深紅

CONTENTS

私鉄の駅から歩いて十分弱、唐草模様《からくさもよう》の並ぶ、ちょっとレトロな印象のレストラン『メムワール』。

名前の由来はフランス語で『記憶』という意味で、記憶に残る料理を出すという意味だとか、さまざまなつらい記憶を持った者も癒《いや》すことができる場所になればいいと思ったとか、そんなところらしい。

自分の職場であるその店の開店前の店内を見回して、俺は小さなため息をついた。

職場に不満があるわけではない。『メムワール』は、自分にとって最良の職場だった。

ハーブを扱《あつか》った無国籍料理とワインの店で、趣味も良ければ料理も美味《うま》い。

シェフ二人にギャルソン四人で回すのに充分なフロアは、清潔で趣味のよい内装に個室まで用意されて洒落《しゃれ》ているし。客層は近隣のお上品な奥様方が主体で、なかなか下火《したび》にならない健康ブームのお陰《かげ》でわざわざ遠方《えんぽう》からも訪れる人は多く、経営も安定している。

オーナーの神宮寺《じんぐうじ》さんの道楽《どうらく》でやってるような店だから、売上主義でガツガツするようなこともない。

何より、自分にとって一番ありがたかったのは、この店に勤める者が全員ゲイという事実だ。

俺、宮崎《みやざき》司《つかさ》も、生粋《きっすい》のゲイだったので。

オーナーであるオールバックの髪形がよく似合うナイスミドルの神宮寺さんは、この店にハーブを収める農園の若者が恋人で、現在同居中。

ちょっと無愛想《ぶあいそ》で野性味溢《あふ》れるシェフの九曜《くよう》は、最近勤め始めたギャルソンの小谷《こたに》とデキあがり、やはり同棲中。

シェフ見習いの元ヤンキー松苗《まつなえ》は、決まった相手はいないが、片想いのアニキがいるらしく、料理を覚えるのは彼に最高の料理を食べさせるためだと豪語《ごうご》している。

更に、もう一人のギャルソンの青木《あおき》も、決まった相手はいないが、どうやら彼を口説《くど》いてる客がいるらしい。

ため息の理由はそこだ。

つまり、この店で働いている人間の中で、決まった人にしろ片想いにしろ、お相手がいないのは自分だけなのだ。

言っておくが、俺の容姿《ようし》は決して悪い方ではない。むしろ、何も知らない女性達からは王子様のようと呼ばれたこともあるくらい美形だ。

色の薄い髪は猫っ毛でふわりと流しているし、顔立ちも派手《はで》。どちらかというと女顔で、ちょっときつめの大きな目に、男にしては細い顎《あご》。

十代の頃にはバイトでモデルをやっていたほどだ。

だが、その俺も、そろそろ三十の大台が近づいて来ると、焦《あせ》らずにはいられなかった。

だって、俺はネコだったから。

つまり、男同士の恋愛でいえば女性役だからだ。

可愛いとか美人と言われていても、三十のオッサンになってしまうと評価は変わるだろう。

ガチゲイで筋肉のぶつかり合いを求める連中からすれば細過ぎるし、初物《はつもの》食いの連中にとってはトウが立っている。

まだオッサン臭さはでていないが、今が花の盛りの最後。ギリギリのラインだろう。

なのに、相手がいない。

危機感を覚えている自分の周囲に恋の花が咲き乱れているというのはため息もの以外の何ものでもないだろう。

「宮崎さん、メニュー書きました?」

カウンターで頬杖《ほおづえ》をつき、また一つため息をついた俺に小谷が声をかけてくる。

「ん、まだ」

おとなしくて礼儀正しい小谷は、優しくていい子だ。

ストーカーに付きまとわれたというつらい過去があるが、今では九曜のお陰で微笑《ほほえ》みを取り戻している。

それを思うと、彼にこの不満を打ち明けることはできなかった。

「いや、そういうわけじゃないよ。今日は飲みに行こうかなって考えてただけ」

「体調悪いんですか？　ぼーっとしてますけど」

「宮崎さん、お酒強いんですか？」

「まあまあかな。でも酔い潰《つぶ》れて記憶を失ったことはないな」

「自分の限度を知ってるってタイプですね」

「みっともないのは嫌いなんだ」

「宮崎さん、美形ですもんね」

「本気で思ってる？」

「もちろん。お客様もよく言ってますよ」

彼は屈託《くったく》なく微笑んだ。

「小谷くんはいい子だなぁ」

やっぱり、モテるモテないは性格なんだろうか？

自分は気が強くて、小谷のように可愛らしいという感じじゃないものな。

「今度飲みに連れてってあげよう。たまには九曜以外と出掛けるのも楽しいと思うよ」

「別に、いつも九曜さんと一緒なわけじゃないですよ」

「そう？　ラブラブなのかと思った」

ま、このくらいからかうのは許されてもいいだろう。

「宮崎、メニュー書いたのか？　外の黒板も書いてないんだろ」

どうせすぐに九曜の助けが入るんだし。

「今書くよ」

筆ペンのキャップを取り、俺は白い紙に大きく『本日のオススメ』と書いた。

季節は冬の足音が聞こえる頃。

本日のメニューは地中海風のアクアパッツァとディルとサーモンのグリルだった。


中学の頃、俺は女の子にモテていた。

それも当然と思っていた。美人の誉《ほま》れ高い母親に似ていたし、学校の成績は上位だったし、上下を女兄弟に挟まれていたせいで女性には親切だったので。

ただ、体格はひょろっとしていたので、運動部の友人達の逞《たくま》しい身体にはコンプレックスを抱くと当時に憧《あこが》れていた。

いや、彼等に熱い視線を向けてしまうのはそれが理由だと思っていた、と言ったほうがいいかもしれない。

けれど中学に入って自分も成長著《いちじる》しく、背も伸びてそれなりの筋肉がついてくるようになっても、やはり彼等に目が向いてしまうと気付いた時、俺は自分の性癖《せいへき》を自覚した。

夏の薄着の女子の透けるブラよりも、部活終わりに上半身裸で近寄ってくる友人の方に胸をときめかせるようになっていたから。

とはいえ、その当時はだからと言って同じ趣味の相手を見つけだすことは難しかった。

特に高校時分の俺は真面目《まじめ》な人間だったので。自分のことをおかしいと考えてしまう時代だった。

今なら、まあそういう人間もいるよ、と言えるのだけど。

俺が自分の欲望を満足させられるようになったのは大学に入ってからだ。

遊び半分で女子も含んだ友達と観光ゲイバーと呼ばれるそっち系の店へ行った時、店の人間に気づかれ、その人と親しくなり、知識とテリトリーと友人を得ることになった。

それでも、まだ周囲にはひた隠しにしていた。

どんなに市民権を得たと言っても、友人や両親にカミングアウトするということは恐怖だったので。

　だが、その恐怖はすぐに現実となってしまった。

　友人の一人、今の店で働いている九曜の兄に気づかれたのだ。

　彼の兄である九曜　忍《しのぶ》は、金持ちの家の跡継ぎとして育てられた傲慢《ごうまん》な男だった。

　自分も若かったのだろう。

　高校で、同級生として知り合った俺はその傲慢さが男らしいと思って、彼に傾倒《けいとう》してしまった。彼に振り回され、従《したが》うことが楽しく、認められて対等に扱われるようになると、親友の立場を手に入れた。

　他には厳しい忍が、俺にだけは寛容《かんよう》で、彼の家にも頻繁《ひんぱん》に脚を運んでいた。大学も、彼と同じところを選んだのは、恋愛ではなく友情で、だ。

　自分の中に抱えた秘密にぐじぐじと頭を悩ませている自分にとって、何にでもスッパリとした答えを出す忍は指針《ししん》のようにも思えた。

　そんなある日、九曜の家に行くと、突然忍に言われたのだ。

「お前が繁華街《はんかがい》で男とキスしてたのを見たというヤツがいるんだが、冗談《じょうだん》だろう?」

　彼は、笑っていた。

　いつもの笑顔だった。

彼にとって自分は忍の特別だと思っていた。

恋愛関係はなかったが、友人として大切にされている自信があった。

だから、つい言ってしまったのだ。彼ならわかってくれるかもしれない、と。

「…黙ってたけど、実は俺、…同性愛者なんだ」

あの瞬間を、今も忘れない。

今までにこやかだった友人の顔が、鬼のような形相《ぎょうそう》に変わり、聞くに耐えない悪口雑言《あっこうぞうごん》を向けられたのだ。

嘘《うそ》つき、裏切り者、はまだいい。汚《けが》らわしいだの、人生の落伍者《らくごしゃ》だの、気持ち悪いだの、蔑《さげす》む言葉の羅列《られつ》だった。

今ならバカじゃないのか、そっちの方が人権侵害の偏見《へんけん》の 塊《かたまり》 のバカじゃんと言い返せるが、当時は何も言えず、ショックで固まってる時に、九曜が飛び込んできて俺をかばってくれたのだが、それもまずかった。

カッとなった九曜が忍に手を出したことで、彼は、弟と俺がデキてると誤解したのだ。

つまり弟をたらし込んだ淫売《いんばい》の烙印《らくいん》も押されてしまった。

実際は、ちょっとグレてて兄に反抗的だった九曜が、あまりの兄の豹変《ひょうへん》ぶりに人として怒っただけだったのだが…。

とにかく、弟に顎を砕《くだ》かれ（九曜は武闘派だった）、忍は俺とも、弟とも縁《えん》を切ってしまった。

ありがたかったのは、忍がそのことを周囲に言い触らさなかったことだ。品行方正で自分が正義というタイプの人間だったから、他人を貶《おとし》めるようなことを吹聴《ふいちょう》するのは、彼のプライドが許さなかったのだろう。

巻き込んで申し訳ないと謝る俺に、九曜は巻き込んだのはこっちだったかもしれないと答えた。

実は九曜も、こっちの人だったからだ。

それで俺と九曜がデキてしまえばある意味丸く収まったのかもしれないが、俺達はそういう関係にはならなかった。それまでの付き合い方もあったし、二人の間には忍の影があったし、好みも違うから。

それでよかったのだろう。

自分なんかに引っ掛からなかったからこそ、九曜は小谷を守ることができたのだから。

俺は忍とは決裂、九曜は家を出た。ただ、彼は『九曜家』の人間なので、今もある程度の交流はあるようだが。

そのことがきっかけで、俺も決心がついた。

両親にカミングアウトしたのだ。

両親はショックを受けたようだが、口汚く罵るようなことはせず、やんわりと事実を受け入れてくれたようだ。多分、姉がかばってくれたお陰だろう。

けれど家族の態度はよそよそしくなり、そのまま実家に居ることもできず、なるべく家にいなくて済むようにと時間が不規則なモデルのバイトをしたりして、大学を卒業すると同時に家を出た。

真面目なサラリーマンの時代もあったけれど、そっちの関係で知り合った神宮寺さんが今の店を開く時に声をかけてもらって、ギャルソンとして働くことになった。

職場で、誰かにバレる心配もなければ、そういう会話も平気でできる。給料は特別高いというほどではないが、充分なだけもらっているし、休みも融通《ゆうずう》がきく。

本当にいい職場だ。

だが、プライベートの方は、充実しているとは言えなかった。

最後に付き合っていた男と別れてから、もう一年以上決まった相手はいない。

このまま枯れてくのかと思うと、ゾッとする。

なのでその日、仕事が終わると、俺は馴染《なじ》みの店へ向かった。

電車で向かった繁華街。

行き着けのバーは、もちろんそちらの専門店だ。

観光ゲイバーと呼ばれる、女性の来客を歓迎するところではなく、男性オンリーの『歯車』という変わった名前のその店は、シックで、イギリスのクラブのような雰囲気《ふんいき》が好きだった。

駅から少し離れた薄暗い路地にあるビルの地下、幾つかの飲み屋が看板を並べる中、一軒だけ看板を出していない鉄の飾りのついた木の扉《とびら》。

店名はどこにも書かれていないが、ドアの横に小さく『女性お断り』の札だけが貼《は》ってある。

その扉を開けて中へ入ると、長いカウンターと、壁際に三角のギザギザ型に造り付けられたソファがあるボックス席が四つ。

カウンター席は独り者、ボックス席はカップルになった者や本気で口説くために移動する者が座る。

今日はボックス席には一組の男性のカップル、カウンターには二人の客がいた。

俺はもちろんカウンターだ。

「あれ、宮崎くん。久しぶり」

座った途端、顔なじみのマスターが声をかけてくる。

ヒゲの似合うナイスミドルだが、彼は売約済みだ。

「久しぶりってほどじゃないでしょう」

「一カ月ぶりは久しぶりだよ。彼氏でもできた？」

「だったらいいんだけどね。バーボン、水割りで」

「はいよ」

銘柄《めいがら》はまだ覚えてくれていたのか、マスターはすぐにグラスを差し出した。

「まだ決まった相手がいないなら、探しにきたってところかな？」

「まあねぇ。でもいい相手はいなさそう」

俺はちらりと横に並ぶ二人のシングル客を見た。

一人は知らない顔で、まだ若く、グラスを持つ手の小指が立ってるからネコだろう。もう一人は佐々木《ささき》という年配の知人だが、恰幅《かっぷく》がよすぎて問題外だ。

佐々木の方も俺よりは新顔に興味があるらしく、片手を上げて会釈《えしゃく》した後は、こちらに背を向けてその向こうの新顔と話を続けていた。

今日はハズレだな。

「宮崎くんが一人なのは、ハードルが高いからだよ」

一人客だから、マスターが話しかけてくる。

「高い？　俺はあんまり外見にはこだわりませんけど」

「相手からしたら、だよ。君は、美人だから、手を出すのをためらうんだね」

「お世辞《せじ》でしょう。俺なんか、もう三十ですよ。オジサンだから食指《しょくし》を動かしてもらえないだけでしょう」

「まだ二十代だろ？」

「あと数年で三十です」

「二十代でオジサンを名乗られると、本当のオジサンとしては立場がないね。君はまだまだだよ。ただ節度があるから簡単に行かないいんだろう」

マスターの視線が若い客をチラッと見る。

「節度なんてないですよ」

俺は笑いながら小声で聞いた。

「ウリですか？」

売春行為ならば犯罪になる。マスターがそういうのを好まないと知っていたから訊《き》いてみた。叩き出したいなら九曜でも呼び出してやろうかと。

だがマスターは難しい顔をしながら同じように小声で答えた。

「とも言い切れなくてね。ただ、前に他の客がさんざん奢《おご》らされたって愚痴《ぐち》ってたよ」

「奢る程度なら」

「三人立て続けで」

「下心がある方も悪いんですよ。薬でも盛られたっていうなら別ですけど、自分で金を払ったんでしょう？」

「まあね。だから僕も黙認するしかない」

若い子にデレデレしてしまうのは男相手でも女相手でも関係ないらしい。

「俺は初対面の男に付いていてく気にはなれないな」

「宮崎くんは真面目だからね」

「そうでもないですよ。ただやっぱり相手のことがわかる程度には付き合わないとね。その場だけ楽しければ、っていうのはもう…」

やっぱり『若さ』が足りないのかなと思った時、ドアが開いて新しい客が入って来る気配《けはい》を感じた。

振り向くと、戸口に大きなスポーツバッグを肩にかけ、スーツケースを引っ張った若い男が立っている。

ちょっと長めのボサ髪に疲れを浮かべた顔。身長は一八〇をゆうに超える高さで、基本の顔立ちは悪くない。

「叔父《おじ》さん、看板出しといてよ」

男はそういうとガラガラとキャスターの音を響かせながらカウンターに近づいてきた。

「朝也《ともや》、叔父さんはやめなさい。それと、店に入ったらキャスターは引かないで、床に傷がつく」

マスターに言われると、彼は重そうなスーツケースをひょいっと持ち上げた。

「だって叔父さんじゃん」

「屁理屈言わない。ここは店だから、マスターと呼びなさい。そっちのドアが控室《ひかえしつ》だから、まず荷物をそっちへ置いてきなさい」

朝也と呼ばれた青年は、カウンターの奥にあるドアを見ると頷《うなず》いてそちらへ向かい、荷物と共に扉の向こうへ姿を消した。

「叔父さんって…、マスターの甥御《おいご》さん？」

本人がいなくなってから訊くと、マスターは苦笑して頷いた。

「姉の息子でね。うちで働かせて欲しいって言われて」

「うちで…って、お姉さんここのこと、知ってるの？」

「僕は早いうちにカミングアウトしてたからね。姉は半分諦めながらも納得してくれてるよ。その代わりってわけじゃないけど、しばらく息子を預かってくれって言われちゃって。

実家は姉夫婦に任せっきりだから、嫌とは言えなくて」

「でも、甥御さん、こっちの人じゃないんでしょう？」

「違う、違う。ただ仕事先がないからうちで働かせるだけさ」

「へえ、幾つ？」

「まだ二十四のガキだよ」

二十四…、自分より五つも下か。

「若いねぇ」

と言ってしまうのは年寄りの発言か。

「若いというより、ものを知らない子供だよ。悪いけど、ちょっと見ててくれるかい？

様子を見てくるから」

「いいですよ」

「すまないね」

マスターは慌てて彼の後を追って奥の部屋へ消えた。

ノンケの青年が入るのか。

マスターのお姉さんには言ってあるのかもしれないが、本人は知っているのだろうか？

「今の、マスターの甥っ子なんだ？」

聞いていないようで聞いていたのか、佐々木が声をかけてきた。

「らしいですよ」

「がっちりしてるねぇ。何かスポーツでもやってるのかね？」

「さあ？　俺も初めて…」

「こんばんは」

そこへ新しい客が一人入ってきた。

こちらも顔なじみの天野《あまの》という男だ。歳が近く、会話の上手《うま》い彼の出現は歓迎《かんげい》だ。

「あれ、マスターは？」

革のライダージャケットを着たワルそうな男は俺と佐々木の間に座った。

「今来客中だよ、甥っ子だってさ」

答えたのは佐々木だ。

「へえ」

俺はスツールを下りると、スタッフルームの扉をノックして開けた。

「マスター、天野さん来たんで、よかったらカウンター入っときましょうか？」

狭い部屋の中では、甥っ子が着替えをしていた。

向けられた半裸の背中は筋肉が引き締まっていて、確かにいい身体だ。

「いや、すぐ出るよ。悪いけど、この子の支度《したく》、頼めるかい？」

マスターは俺がギャルソンとして働いていることを知っているから、手にしていたベストとネクタイを押し付けてきた。

「君なら安心だ」

その一言には、職業的にこういう格好《かっこう》をしてるからというのにプラスして、食われる方だから甥っ子を食ったりしないだろうという意味も含まれていた。

「いいですよ。髪もやっときましょう」

「頼むね」

マスターが店に戻ってゆくと、俺は振り返って青年を見た。

彼は穿《は》いていたデニムを脱いで黒いパンツに穿き替えていたが、マスターの用意していたらしいそれは彼には短かった。踝《くるぶし》の、紺《こん》のソックスが見えている。

「短いな」

「カウンターの中に入ってれば客には気付かれないから、今日のところは我慢だね。ウエストは？」

「アジャスターが付いてるから」

「そう。じゃ、ワイシャツ着て。ネクタイは自分で締められる？」

差し出した黒いニットタイを受け取ると、彼は不躾《ぶしつけ》な視線で上から下までじろじろとこちらを見た。

「甲斐甲斐《かいがい》しいけど、アンタ、叔父さんの恋人？」

悪気は無い、と思っておいてやろう。

これも若さ故《ゆえ》だ、と。

「違うよ、俺は客。ただの顔なじみ。同じような格好で働いてるしね」

「バーテン？」

「レストランのギャルソン」

「ふうん」

「ワイシャツ着たらそこに座って。髪、整えるから」

「アンタが切るの？」

多少の態度の悪さは我慢するが、彼がここで働くのなら一言言っておかなくては。

「切るんじゃなくて、ムースで整えるの。飲食店にそのボサ髪は許されないからね。それと、俺の名前は『アンタ』じゃなくて宮崎だ。君より年上だから、もう少し丁寧な言葉遣いを頼むよ。客商売でお客様に『アンタ』は厳禁だしね」

「じゃ何て呼べばいい？」

「名前がわかってる人には『様』もしくは『さん』付け。名前がわからなければ『あなた』とか『そちら様』だね」

「そうじゃなくて、アンタ…、あなたのこと」

ワイシャツに袖《そで》を通したので、彼は俺が示したパイプ椅子に腰を下ろした。

周囲を見回すと、マスターも同じことを考えていたのだろう。クシとムースが用意されていた。

「宮崎さん、でいいよ」

それを手に、彼の髪を梳《す》く。結構硬いが、クシ通りは悪くない。

「宮崎サン。俺は立川《たちかわ》です」

「立川？　マスターは山崎《やまざき》じゃ…」

「母方の叔父だから」

ああそうか。お姉さんの子供だっけ。

「立川くん、客商売は初めて？」

「ああ」

「『はい』、だよ」

「…はい」

不承不承《ふしょうぶしょう》だな。

「じゃ、初歩的な注意を幾つかしておこう。お客様には敬語、返事は『はい』か『ええ』、無理なことを言われたら『困ります』と言ってすぐにマスターに相談する。何があっても手は上げない」

髪を後ろに流し、ムースを手にとって指を髪に差し込む。

「…オカン臭いセリフ」

歳のことを気にしてる時のその一言にムッとして、思わずキュッと髪を引っ張る。

「イテッ」

「口の利き方には気を付ける」

「悪い意味じゃねぇよ」

「『ないですよ』」

「…昨日まで客商売なんか縁が無かったんだから仕方ねぇよ。…ないですよ」

「昨日までがどうでも、今日から働くんだから、注意した方がいいよ。はい、終わり」

襟足《えりあし》の長い髪はそのままに、うざったい前髪とサイドをムースで固めてやると、ずいぶんさっぱりとした男前になった。

立ち上がった立川は、ベストまで身につけていたが、ネクタイがまだだった。

体格のいい男が着崩してる姿はセクシーで、ちょっと食指が動くが、相手は年下のノンケ。動かすだけ無駄《むだ》だ。

「このネクタイ、結びにくいな」

「…貸して」

ニットタイは普通のネクタイより布が柔らかいが、二十四ならもう社会人を経験してるだろうに。ネクタイを使わない仕事をしていたのだろうか。

仕方なくこっちを向かせ、「顎上げて」とネクタイを結んでやる。

好みではあるんだよな。この背の高さも、顔立ちも。こうして前髪を上げるとぐっと大人っぽくなって、ふて腐《くさ》れているように口を尖らせるのをやめて、唇の端だけで微笑んだら、もっとセクシーになるだろう。

でも叶わない夢は見ない。

傷つくのは嫌いだ。

「さっき、店に何人か客いたけど、アンタも含めてみんなゲイなわけ?」

「…だったらどうだって言うの?」

「わかんねぇなと思ってさ。叔父さんから話は聞いてたけど、何を好きこのんで男を相手にすんのかなって」

悪気がないのはわかる。

声の様子で。

「宮崎…さんは、女の子の胸とか見ても勃《た》たないわけ？　男で勃つの？」

でも、悪気がなければ全て許されるわけではない。

「『アンタ』はやめなさいと言ったでしょう」

「まだ店に出てないから、プライベートな会話だろ？」

立川はにやっと笑った。

悔しい。いい顔じゃないか。

「男相手に勃起《ぼっき》する神経ってのはわかんねぇよ。これからここで働くんなら、そういうのもわかんなきゃいけないのかね」

「じゃあ教えてあげるよ」

俺は締めてやったネクタイを引っ張ると、彼の唇《くちびる》を奪った。

俺なら安心、と言ってくれたマスターには悪いけど、無神経な子供にはお仕置きが必要だ。本人の自業自得《じごうじとく》だし。

唇の間から舌を差し入れ、彼の舌に絡《から》ませる。

吸い上げてから歯で甘く噛《か》み、彼の舌の裏側をこちらの舌先で舐《ねぶ》る。

同時に、空《あ》いていた方の手で、彼の股間をパンツの上から軽く握《にぎ》り、下から上へ、彼の形をなぞって指を動かした。

ご立派なモチモノだ。

そして若い。

三こすり半とは言わないけれど、服の上からのちょっとした刺激で、すぐに硬くなる。

俺は舌を残すようにゆっくりと離れ、手も離した。

「男同士でも勃起できそうだね」

立川は、目を丸くして驚いていた。

「ゲイの人間はマイノリティで、つらい過去を持ってる人間もいる。自分でも、他の人と違うことを悩んだ者もいる。そういうことを考えて口を利くんだね。君が客を怒らせれば、君の叔父さんが損をする。わからないならわからないでもいいけど、不快感を与える発言だけはするな」

「……アンタ、俺を抱きたいのか？」

「冗談。今のは嫌がらせ。他人の気持ちのわからないボーヤにお仕置きしただけだよ。我慢できないならトイレに行って一人で頑張っておいで」

モチモノと同じくらいご立派な鼻先を、指で弾く。

「今日のところは口を開くな。今夜、店が終わってから、叔父さんにちゃんと教育してもらいな」

「…トイレに行ってから出るって言っといてくれ」

「いいよ。伝言しとこう。早漏《そうろう》なのは黙っておく」

「早漏じゃねぇよ」

「じゃ、感じやすい。失礼、立川クン」

俺はさっさと背を向けると、店へ戻った。

「あれ、宮崎くん一人？　朝也は？」

ドアから出て来た俺に、店内の視線が集中する。

マスターは、俺の肩越しに甥の姿を探した。

「トイレ行ってから来るそうですよ。口の利き方が客商売向きじゃないから、少し教育した方がいいと思いますよ」

「ああ、体育会系だからね。この間までアメリカをふらふらしてたんだよ。日本語忘れるとか行ってたし」

アメリカで生活してたのに、ゲイに対する考えが古いのか。

「悪いけど、俺はこれで帰りますよ」

「まだ一杯しか飲んでないだろう？」

「ちょっと用事を思い出したんで。また来ます」

大切なマスターの甥っ子をいじめた罪悪感と、トイレから戻ってきた立川に『この人にキスされて触られた』と報告されるのも嫌だったので、俺はカードを出した。

独り身の寂しさから、そんなつまみ食いをしたと思われたくない。

「何だ、もう帰っちゃうのか、せっかく会えたのに」

天野が腕を掴んだが、やんわりと振りほどく。

「相手に困ってない人でしょ。食い散らかされるのは嫌いなんです」

「君なら食い散らかさないよ」

「どうだか」

「本当さ。今日は行儀のいい日だ。『娘』に会ってきたから」

「…そうですか。それは是非《ぜひ》、お付き合いしてあげかったな。でも、本当に用事だから」

笑って背を向け、マスターにカードを差し出した。

「これで」

「ひょっとして、朝也が怒らせた？」

さすが本人を知ってるだけあって察しがいい。

「用事です。それじゃ、また」

でもそれを認めないのが、大人の付き合いというものなので、笑ってレジを済ませると、彼がフロアに出て来る前に、店を後にした。

ついてない。

少しは楽しめるかと思って久々にやってきたのに、ゆっくり飲むどころか追い立てられるように逃げ帰るなんて。

行き着けの店は、もう一軒あった。

でもそっちは大きすぎて、明るすぎて、一人で行く気にはなれなかった。

「…帰るか」

酒が飲みたいわけではなかった。

ただ、同じ独りの寂しさと不安を共感してくれそうな人間に愚痴《ぐち》りたかっただけ。離婚した妻に引き取られた娘さんと会ってきたという天野なら、きっと労《いたわ》りあった酒が飲めただろう。

…傷を舐《な》め合うっていうのかもしれないけど。

「しょうがない。今日はおとなしく帰って休むか…」

久々にした濃厚なキスの感触は、まだ口に残っていた。

恋人ではない相手としても、いや、そもそも恋人になる可能性すらないような相手としたキスは空《むな》しいだけなのに。厚く長い舌だったと、反すうしてしまうのは、飢《う》えているからかもしれない。

愛することに。

愛されることに。

それは少し…、かなり、寂しい事実だった。

店からそう遠くないところに買った2Kのマンションは、自分だけの城だった。

間取りは2Kだけれど、一部屋はリビングとダイニングとキッチンを合わせたような十三畳の部屋で、寝室も八畳あり、一人暮らしには充分過ぎる広さがある。一度オーナーが訪れた時に、ワードローブの入れ替えをしていたら『部屋が汚い』と言われてしまったので、それ以来整理整頓を心掛けていた。

もちろん、一括で買ったのではなく、未《いま》だローンを払い続けている。

買う前に、実は悩んだ。

実家は特に貧乏《びんぼう》ではないが、特筆するほど裕福ではない。

わざわざ買わなくても、賃貸でいいんじゃないか、と。

けれど、やはり俺は買う方に心を決めた。

自分には、もう帰る家はないのだから、これからずっと一人で暮らす場所を自分で作らなくては、と思って。

宮崎の家は、都心に近いところの庭付き一戸建て。両親は早いうちから三人いる子供のうちの誰かが一緒に住んでくれればと、口にしていた。

そしてその願いを、姉が叶えたのだ。

俺がゲイだと知った時、俺を庇《かば》ってくれた姉さんは、高校の時から付き合ってきた彼と結婚した。しかもデキ婚だったので、テレビ局に勤める姉は子守とばかりに両親との同居を決めた。

俺が子供を作らなくても、姉の子供がいる、ということがより両親を俺に対して寛容《かんよう》にしたのだろう。

ついでに、残った妹もちゃんと彼氏がいたし、先に片付けたいのは出戻ってきた叔母《おば》さんの方だった。

けれどやはり家にはいたたまれなかったし、俺の部屋はとっくに潰《つぶ》して姉夫婦のものになっていたので、自分には戻る家というものがないのだ。

それを悲しいと思うか、気楽と思うかと問われれば、その中間といったところだろう。

全てが丸く、…とまでは言わないが一応の形をもっておさまっている。自分がそれを壊したくはない。

居場所はある。

自分が見つけた職場、『メムワール』では安らげる。

だから家も、自分で作る。一人だけの家でも、何も気にせず、くつろげる時間を過ごせる場所を。

そのためにここを買ったのだ。

いつか『二人』になることがあってもいいようにと、二間の部屋にはしたのだけれど、きっともうこのままだろう。

ぬくぬくとしたベッドから起き、野菜とフルーツで作ったスムージーにパンだけの朝食。

シャワーを浴びて、どうせ店ではギャルソンの制服に着替えるのだが、ワードローブの中からパステルブルーの薄手のロングニットとスキニーのパンツを選んだ。

上着はどうしようかと悩んだが、ショールニットをぐるぐるっと巻き付けることにした。

今の季節は上着の選択に悩む。外は冷たい風が吹き、陽が落ちると途端に寒くなるくせに、室内は暖房で異様に暑いから。

ショールニットなら、暑ければ肩にひっかけるだけにすればいいので丁度いいだろう。

玄関先の姿見で全身をチェックすると、ショートブーツを履《は》いて家を出る。

店までは、歩いて十五分。

駅までも同じくらい。

周囲は一軒家が多く、環境もいい。

色の少なくなったその町並みを歩いてゆくと、枯れた蔦《つた》の蔓《つる》を残した白い壁に、丸い窓の並ぶ店に到着する。

裏口へ回って、店に入り、スタッフルームの扉を開け、「おはよう」と元気良く声を出した。

「おはようございます」

ソファもテーブルもある広いスタッフルームには、小谷の姿があった。

同居している九曜が仕込みのために早く来るから、彼も付き合っているのだろう。もう一人のギャルソンの青木の姿はまだなかった。

「宮崎さん、そのマフラー、いいですね」

「ショールニットと言ってよ」

「ああ、すみません。俺、そういうのに疎《うと》くて」

「こういうの、好き？　売ってるとこ教えようか？」

「宮崎さんがしてるからいいんですよ。俺が巻いたら、マフラーに巻き付かれてるみたいになっちゃいますよ」

「小谷くんだって、スタイルいいんだからもっとオシャレすればいいのに」

「今はまだ金銭的に余裕がなくて…」

彼は困ったように笑って目を伏せた。

ああ、そうか。

彼は以前タチの悪いストーカーに、アパートに放火されたのだっけ。その時、ほとんどの荷物を失い、住む場所も失い、九曜のところに転がり込んで、…そのまままとまったのだ。

「俺が使わなくなったのでよかったら、一枚あげようか？」

「いいんですか？」

「今度持ってきてあげる。俺、結構服道楽だから、色々あるんだ。小谷くんならサイズも合うだろうし」

「じゃ、もしご迷惑でないなら」

「青木にも時々あげるんだけど、彼とは服の趣味が違うからあんまりもらってくれないんだよね」

「そうなんですか？」

噂をすれば影で、青木がドアを開けて入ってきた。

「おはようございます」

襟の詰まったハーフジャケットは、優等生スタイルだ。

「ほらね、青木は服装がお堅いだろ？」

「何ですか、いきなり」

「小谷に俺の服をあげる話。青木とは趣味が違うからもらってくれないんだよねって話をしてたんだよ」

「宮崎さんの服、派手《はで》なんですよ」

「普通だよ」

部活のロッカールームみたいに他愛《たわい》のない話をしながらワイシャツにボウタイを締め、黒いベストに袖を通す。小谷達はいつも蝶ネクタイなのだが、俺はその日の気分でタイを略式のクロスタイにしたりと色々変えていた。

制服の中の、少ないオシャレとして。

黒いエプロンを締めて店へ出ると、すでに店内には料理のいい匂いが漂っていた。

カウンターの端では、オーナーが一人、朝食を摂《と》っていて、俺に気づくと目だけで挨拶してくる。

オーナーはここで朝食を摂ることが多い。

同居人は農作業のために朝が早いから、作ってくれないのだそうだ。

「おはよう、今日の朝食メニューは？」

厨房《ちゅうぼう》の中の九曜に声をかけると、彼はカウンターの上のメモ書きを顎で示した。

「そこに書いて置いてある」

今朝はフレッシュハーブを使ったシーフードと春雨《はるさめ》のスパイシーサラダと特製親子丼のセットにバジルトマトソースのパスタのローストチキン添えだった。

朝は、見習いシェフの松苗が作るから簡単な一品物が多い。というか、朝食を提供すること自体が、オーナーの朝ご飯を作るついでみたいなもんなんだけど。

その下には棒線で区切って、ランチのメニューも書かれていた。

チキンのロースト、カルバドスとガランガルソースがけ。カルバドスはリンゴのお酒であること、ガランガルがショウガに似たハーブだと書き添えた方がいいな。

もう一品はエビの香辛料炒めと温かいゴマ豆腐《どうふ》か。

「ランチのエビの方のハーブって何？」

「エビにスターアニスが使ってある。ゴマ豆腐はワサビ添えだ」

書きなぐったような九曜のメモを、レイアウトを考えながら一枚の紙にメニューとして書き写すのが俺の仕事だ。

神宮寺さんを除くと、俺が一番字が綺麗なので。

筆ペンを持ち、紙にさらさらと文字を写す仕事は嫌いじゃない。

まだ食べていない料理を想像し、客に想像させるための作業は、アートにも似ているので。

ここはハーブの店だから、料理に使われているハーブもメニューに書き込む。もっとも、ここでの『ハーブ』の扱いはわりと曖昧《あいまい》で、スパイスやオリーブオイルなど、一般的にはちょっと首を傾《かし》げるものも『ハーブ』として扱ってる。

そこを、女性心をくすぐるように上手《うま》く説明しなくては。

「松苗くん、コーヒー淹《い》れてくれる？」

「松苗を使うな、仕込み中だ」

コーヒーぐらいいいじゃないかと反論する前に、青木が動いてくれた。

「俺も飲むから、淹れますよ。小谷くんも飲む？」

「あ、はい」

家族のように、というと大袈裟《おおげさ》かもしれないけれど、ここは居心地《いごこち》がいい。適度な距離をもって、互いを思いやり、他人には言えない嗜好《しこう》のこともちゃんとわかっている。

オーナー以外全員が年下だというのは引っ掛かるが、年上扱いはされないし。

「はい、どうぞ」

青木がコーヒーを淹れてくれたので、それを飲みながら表に出す黒板にもカラーチョー
クで今日のメニューを書き写した。

表に朝食メニュー、裏にはランチメニュー。これで昼に書き直す手間が省ける。

「冬はフレッシュハーブが少なくなるから、メニュー考えるのも大変だよねぇ」

「温室ものもあるし、スパイスを使うからいい」

「スパイスか、微妙にハーブとは言い難いな」

「香りがあればいいんだ。香りが売りなんだから」

九曜は不機嫌に言った。

朝食を食べ終わったオーナーが皿を彼に渡すのを見ると、俺も腰を上げた。

「さて、じゃ小谷くん、メニューコピーしてきて。青木、黒板を外に出して。そろそろ開

けるよ」

さて、これからまた新しい一日が始まる。

それぞれが小さな悩みを抱えていても、俺に彼氏がいなくても。時間は関係なく過ぎてゆき、日常は繰り返す。

当たり前のことだ。

ただ流されていれば、あっと言う間に全てが終わってしまう。

後悔したくなければ、自ら動かなくては。

今日は河岸《かし》を変えて、行き着けではない店でも回ってみよう。

冬の夜は人恋しくなる。その前に、誰か、…せめて一緒に食事ができる誰かを探さなくては。

「いらっしゃいませ」


店の営業時間は切れ切れで、朝は九時から十一時までの二時間。

これは朝食に用意される皿が少ないからと、ターゲットがご近所の奥様方だけで本気の営業ではないからだ。

そのせいで、十一時前には売り切れて閉めてしまうことも多い。

店を閉めてる間に従業員は昼食を摂り、ランチからはメインシェフの九曜が腕をふるう。

こちらも売り切れた時点で店を閉め、売れ残っても四時頃には休憩に入る。

朝食、ランチと二種のメニューを用意しているが、六時から始まるディナーはコース料理が一つだけ。

スープと前菜とメインディッシュとデザートの揃ったボリュームのあるコースだ。

いや、もう一つ。朝から晩まで用意されてる料理がある。

カレーだ。

オーナーがカレーが好きなのと、店に入っても食べたいものに当たらなかった人のために、常にカレーだけは用意されていた。

価格的にも安価なので、それ目当ての客もいて、そういう人は回転も早いので、これが結構収入に結び付いている。

客層は三つに別れていて、一つはここいらの金持ち奥様、もう一つは雑誌などに載った口コミで訪れてくる女性客。やはり女性はハーブという言葉に弱いのと、従業員である俺達だ。

自分で言うのも何だが、ここで働く者は皆顔がいい。

ナイスミドルの神宮寺さん、弟気質の松苗くん、無愛想な男っぽさの九曜に、真面目な青木とおとなしい小谷、派手で社交的な俺と、よりどりみどりのハンサムばかりとあっては、目の保養にもなるのだろう。

申し訳ないことに、全員ゲイなのだが…。

そして三つ目は従業員の知り合いだ。

もとディーラーの神宮寺さんのお友達は錚々《そうそう》たるメンバーが多く、はっきり言って金持ちばかり。九曜と小谷の友人は少ないが、松苗はヤンキーの友達が時々カレーを食べに来ている。

青木や俺の知り合いは『そっち』の人が多い。

客としてきているうちにお互い気づいて、なんて人もいる。

だから、ドアが開く音に振り向いたら見知った顔、ということはままあった。

「いらっしゃいませ」

なので、ランチの時間の終わる頃、開いたドアに笑顔で振り向いた時も、そこに立っている人物に驚きはしたが、顔には出さなかった。

「お一人様ですか？　カウンターでよろしいでしょうか？」

「ああ」

俺はこの仕事が好きで、それなりに誇りを持ってやっている。

客は客、その姿勢を崩さない。

「メニュー、二つだけ？」

相手が、あの立川でも、にっこりと微笑んで傍《かたわ》らに立ち、メニューの説明をすることだって平気だ。

「はい」

「シンガポールチキンライスって何？」

「スパイスを入れた炊き込み御飯にグリルチキンのスライスが載ったものです」

「コリアンダー添えのコリアンダーって？」

「パクチーです」

「ああ。ココナッツシュリンプってのは？」

「ココナッツファインをまぶして上げたエビフライです。焼き野菜のパスタサラダがついてます」

メニューにちゃんと書いてあるだろう、と思っても口には出さない。

「じゃあ、チキンライスを」

「かしこまりました」

会釈《えしゃく》してテーブルを離れ、「カウンター、チキンライス一つ」と厨房に声をかけて水とおしぼりを差し出す。

何か言われるかと思ったが、立川はおしぼりで手を拭きながら物珍しそうに店内をぐるりと眺めただけだった。

『歯車』に行ってから、立川と出会ってから、二日しか経《た》っていなかった。

つまり、俺が彼をイジメたのは一昨日《おととい》ということだ。

自分でも大人気《おとなげ》ないと思ったけれど、初対面の人間に『男を好きになる気持ちがわからない』と言われて、ムカついてしまった。

普通の場所ならいい。

でもそこはその『わからないこと』を許容《きょよう》している場所なのに、それを知っていて来ているはずなのに、当の本人に向かってそれを口にする無神経さに腹が立った。

だからちょっとキスして、ちょっと触ってやったのだが…、ノンケの男にはショックで気持ち悪いことだったろう。

どうやってここを突き止めたかは知らないが、きっとそのことで文句を言いに来たに違いない。

自分も職場で嫌がらせをされたから、こっちも相手の職場で厭味《いやみ》の一つでも、と思ったのかも。

俺は客の去ったテーブルの食べ終わった食器を片付けながら、チラチラと彼を盗み見た。

広い肩幅、『歯車』に入ってきた時にはボサボサだった髪は、きっとマスターに注意されたのだろう、襟足が隠れるほどの長さは変わらないがサイドをすっきりさせて前髪とともに後ろに流している。

こちらを見ようともしない横顔は、高い鼻が際立って、まるで犬科の獣《けもの》のようだ。

青木が運んだチキンライスが目の前に置かれると、大きな口でバクバクとそれを平らげ始めた。

ああいう食べ方は好きだ。

食べることに一生懸命《いっしょうけんめい》という感じで。

年下とノンケということを除けば、好みなのだが、その二つが決定的に可能性をゼロにしている。

その上、自分のしたことを思い出すと尚更だな。

彼が食事をしている間、俺はずっと身構えていた。

いつ『宮崎さん』と名前を呼ばれてもいいように。

彼が、突然『この間キスされたりチンコ触られたりしたことですけどね』と口にしても、上手くごまかせるように。

だが、立川は何も言わなかった。

一気に料理を食べ終えると、食後のコーヒーを飲みながら俺のことを見ていたが、声はかけなかった。

そしてそのまま、普通に代金を払うと出て行った。

その後ろ姿を見送った俺に、青木が声をかける。

「宮崎さん、彼のこと気に入ったんですか？」

「別に」

「でもずっと見てたじゃないですか。それに、好みのタイプかと」

立川が最後の客だったから、彼はあけすけに言った。

「顔はね。でもあり得ないよ」

「どうして？」

「年下のノンケだから」

「知り合いなんですか？」

「『歯車』のマスターの甥っ子」

『歯車』には青木も行ったことがあるので、へえっと驚いた。

「あまりマスターに似てませんね」

「お姉さんの息子さんだって言うから、父親に似たのかもね」

「彼、知ってるんですか？　その…、マスターのこと」

「知ってるも何も、今あそこで働いてるよ」

「ノンケなのに？」

「仕事にあぶれたんじゃない？　今就職難だし」

「じゃ、お姉さんも知ってるんだ」

そういえば、青木は家族にゲイだということを知られていないのだっけ。

同性愛は市民権を得てはきているけれど、誰もが許容してくれるわけではない。

うちの親などは、それに触れないことで受け入れようとしているが、九曜のところは絶縁状態になった。

松苗のところは特殊で、今時だねえと笑い飛ばされたらしいが、結果はそれぞれ。フタを開けてみなければわからない。

青木も、それが怖いのだろう。

「まあ人それぞれだよ。秘密の方が楽しいってのもあるし、真実がいつも幸福に繋がるとも限らないしね」

　俺は努めて明るく言った。

「ですね。聞かされても困るって場合もあるでしょうしね」

　だが気を遣う必要はなかったのかも。彼はすでにそこのところの折り合いは自分の中でつけているようだった。

「墓場まで持ってくのも愛情かもよ？」

　なのでせめてもと、肯定《こうてい》の言葉を投げかける。

「参考にします。でも親しくなったんですね」

「誰と？」

「今の甥っ子さん」

「まさか、一度会っただけだよ」

　そしてイジメてしまった。

「一度会っただけで訪ねてきたんですか？」

「偶然だろう。俺は店のことは話してないし、声もかけられなかったし。この近所に引っ越して来たのかも」

　自分で言ってから、その可能性に気づいた。

そうか、嫌がらせで訪ねて来たと決め込んでいたけれど、単なる偶然ということもあるのだ。もしかしたら、俺に気づいてさえいなかったのかも。だから声も掛けられなかったのだ。

ほっとすると同時に、少しムッとした。

これでも、人の印象に残る綺麗な顔と言われていたのに。男に興味のない人間には覚えてさえもらえないのか。

いや、コーヒーを飲んでる時にはこちらを見ていたのだから、何となく似ているぐらいは思ってたのかも。でなければ、マスターに、店の外で客に会っても声をかけるなと注意されたとか？

「おい、二匹。くっちゃべってないで皿洗い手伝え。小谷が一人でやってるだろ」

九曜に呼ばれて、俺の思考も中断した。

「はい、はい。彼氏だけ酷使《こくし》するなってことね。わかりましたよ」

「そういう意味じゃねぇだろ」

ワイシャツの袖を捲って洗い場に入り、皿を洗い始めると、俺はもう立川のことを考えないようにしようと決めた。

もし彼が自分に気づいていたとしても、いなくても、声をかけては来ないようだし、嫌なら二度と来ないだろう。

しばらく『歯車』に行けなくなるのは残念だが、一週間もあければ、俺なんかよりもっと強烈な個性を持った皆様にもまれて、彼も思い知るに違いない。

男が相手でも、女が相手でも、水商売っていうのはあんなものだ、と。

「ねぇ、夜のメインディッシュ何？」

「甘鯛《あまだい》のウロコ焼き、ディルのヨーグルトソース添えだ」

手にも入らない男のことで時間を潰しても、仕方がないと。

だが、せっかく彼のことなど排除しようと決めたのに、翌日もランチが終わるギリギリの時間に、立川は姿を現した。

Tシャツにデニムのジャケットというラフな出で立ちでカウンターに座ると、今日はすぐにオーダーした。

「ドライトマトとオレガノのフォカッチャ」

受けたのは俺ではなく青木だった。

「かしこまりました」

俺は別のテーブルのサービスをしていたので、彼には近づかなかった。

「これ、手で食べていいんですか？」

「どうぞ、お好きなように。おしぼりの替えが必要でしたらお申し付けください」

大きな手で、フォカッチャを掴み、そのまま口に運ぶ。

欠食児童の食べ方だ。

そしてやはり昨日と同じように、食べ終わるとコーヒーを楽しむ時間、じっと俺のことを見ていた。

声を掛けては来ない。

近づいても来ない。

ただ見つめているだけだ。

だがその向けられる視線が気に掛かる。

二日続けて来るということは、この店が気に入ったのかもしれない。九曜の作る料理は確かに美味《おい》しい。

でもそれならどうして、俺のことを見つめるのか。見つめるなら何故声をかけて来ないのか。

しかも彼は、その翌日も、更にその次の日も、ランチの終わるギリギリの時間にやってきた。

カウンターに座り、ガツガツと食事をし、コーヒーを飲みながら俺をじっと見つめる。

その繰り返しだ。

「あの客、いつも宮崎見てるな」

さすがに青木だけではなく、九曜も気が付いた。

「みたいだね」

「彼氏か」

「違うよ」

「ストーカーか?」

声に心配する響きが入る。

優しい子だ。

「違うよ。単なる知り合い。店だから声かけてこないだけだろ」

「本当だな? 面倒事だったら言えよ。できることは何でもしてやるぞ」

「ありがとう、確かに聞いた。でもあんまり俺に優しくすると、恋人が妬《や》くかもよ」

「そんな付き合いはしてねぇよ」

自信ありげににやりと笑うから、憎らしくて軽く蹴る。

「ムカつく。こっちは独り身なのに」

「痛ぇな」

「ムカつくから、適当に彼に声かけてみてよ。何か思うところがあるなら喋るでしょ」

「俺がか？」

「接客も料理の一つ」

「そのためにお前等がいるんだろう」

「わかった。じゃあ小谷くんに頼もうっと」

「待て。…俺がやる」

九曜は知り合った時からヤンチャだったけど、元々がいい家の子なので扱いやすい。

弟がいたらこんな感じかも、といつも思う。

俺が年下がダメなのは、『弟』という存在に憧れがあるからだろう。年下、と思うとつい『弟』とイコールにしてしまうのだ。

そんなわけで、翌日再び立川が現れると、九曜が無理してカウンターの内側から彼に声をかけてくれた。

「…お客さん、ここんとこいつもいらしてますね」

ヘタだなぁ。

「うん」

九曜も口が重いが、立川も能弁《のうべん》というタイプではないらしい。

「お住まいが近いんですか？」

「それもあるけど、美味《うま》いから。あんたがシェフ？」

「そうです」

「美味いです。毎日違うもんが食べられて」

料理を褒《ほ》められた九曜は、途端に上機嫌になった。

「男の人はハーブ苦手な人もいるんですけどね」

「正直、ハーブとかよくわかんないけど、二年ぐらいアメリカ行ってて、甘いか辛いかのメシばっかりだったんで、マジ美味いモン食いたくて」

「そう言っていただけると作り甲斐があります」

「このトルコ風ポテトサラダも美味いです」

「ああ、これは簡単ですから、ご自宅でも作れますよ。茹《ゆ》でたジャガイモとオニオンスライス混ぜて、ディルってハーブとレモン汁とオリーブオイル入れて、塩コショウとチリパウダーで味を調えるだけですから。青ネギやパセリのみじん切りを散らしてもいいし」

「ポテトサラダって、マヨネーズで作るのしか知らねぇからなぁ」

まるで友人みたいに話し込む二人を見て、何となく似てるなと思った。

九曜が尖《とが》った無愛想だとすると、立川はどこかぼーっとした無愛想とでも言えばいいのかも。

でも今の会話で安心した。

やはり考え過ぎだったのだ。

彼はただ家が近くて、偶然ここを見つけただけで、通うのは九曜の料理が目当てなだけだった。

「ありがとうございました」

お会計の時、手が空いていたのは自分だけだったので、安心して彼の前に立った。

だがそれは早計だった。

レジの前に立った俺を、立川はじっと見つめた。

「また来る」

そんなセリフを口にして、睨《にら》みつけるような目で。

なるほど、九曜は関係ないから普通にするが、俺にはそういう態度か。

「あ、いけない。お釣り間違えちゃったから渡してくる」

立川が出て行くと俺はすぐに彼を追って店を出た。もちろん、お釣りの間違いは嘘だ。

「立川くん」

店に背を向けて歩いていた立川を呼び止め、その腕を取って脇道に引っ張り込む。

「何？」

「『何？』はこっちだよ。ここが俺の職場だって知ってて来てるね？」

ごまかすかと思ったが、彼は素直に頷いた。

「天野って客に聞いた」

…天野さん。

「それで？　嘘までついてどういうつもり？」

「嘘？」

「この近くに住んでるとか、美味いものが食べたいとか」

「へえ、俺の話聞いてたんだ」

にやりと笑われて、まるで罠《わな》にはまった気分になる。

「お客様の会話に常に耳を傾けるのは当然のことだからね」

でもこんなことでは怯まない。

「何だ、俺だからじゃないのか」

「当然でしょう」

「残念」

「残念？」

彼はまたにやっと笑った。

「気を引きたくてずっと見てたのに、全然無視だからさ。そっちから声をかけてくれるのを、行儀よく待ってたんだぜ」

「どうして？」

「どうしてって、こうやって二人きりで話をしたかったからさ」

「二人で話し合うって、何を？」

「鈍いな。あんたに気があるからに決まってるじゃねぇか」

「……はぁ？」

俺は思わず素《す》っ頓狂《とんきょう》な声を上げてしまった。

「だって、君、ノンケでしょう。男を好きになるなんて考えられないって言ってたじゃない」

「言ったぜ。今、そんなにはよくわかんないな」

「だったら…」

「でもあんたは別だ。俺も色んな女と付き合ってきたが、あんなキスは初めてだった」

目眩《めまい》がした。

何だ、この男。

「男相手に勃ったのも、あんたが初めてだった」

顔は真面目だった。

からかっているようには見えなかった。

でも…。

「ばかばかしい」

俺はため息をついた。

「何が？」

「君はね、ちょっと触られてその気になっただけ。女の子と付き合えばすぐ忘れるよ」

「そんなこと、わかんないじゃねぇか」

「わかるよ。興味本位でちょっかい出したって、すぐに『気の迷いだった』で終わるに決まってる」

「そういうヤツと付き合ってたのか？」

「プライベートを答える義務はないね」

呆《あき》れて背を向けた俺の腕を、彼は強い力で捕らえた。

「待てよ」

「何？」

「あんた、決まった相手はいないんだろう？」

「プライベート」

「俺が話したいのはプライベートなことだ。独り身なんだったら、俺と付き合ってみないか？」

「君ねぇ…」

「立川、だ」

「立川くん、いい加減にしなさい」

「いいじゃねぇか。誰だって初めてってのはあるだろ？　俺だって、あのキスでそっちに目覚めたのかもしれないぜ」

「俺は今仕事中なの」

「そろそろ休憩だろ？　営業時間はチェック済みだ。真面目に申し込むから、時間とってくれよ」

真面目？

本当に？

信じられないが、これ以上店の近くでこんな話を続けてはいられない。

「店は営業してなくても、従業員に仕事がないわけじゃないよ。もしどうしても話がしたいって言うなら、夜の営業が終わるまで待ちなさい」

「何時？」

「…十時には上がらせてもらうから、駅前のカフェで待ってて」

「わかった。ああ、それから、ここは学校でも会社でもないんだ、俺をガキ扱いしないでくれ。これは人と付き合う時の礼儀だろ？」

憎らしい。

「わかった。でも年長者を敬《うやま》うのも、礼儀だよ」

「そんなに変わんないんだろ？」

歳のことは言いたくないが、この生意気な口を黙らせるためには言わなくてはならないか。

「…五つ上だ」

「へぇ、見えねぇな、三十か」

「二十九」

「じゃ、同じ二十代で大差なしってことで」

「あのねぇ」

「そんなに年寄りぶらない方がいいぜ。美人なんだから」

ホント、憎らしい。

「じゃあ夜にまた」

あっさりと手を放すと、立川はそのまま背を向けた。

本当に、俺がそこへ行くと信じてるのだろうか？　まあ、仕事場を押さえられているのだから、行かなかったら翌日押しかけられるだけなのだけれど…。

俺はまたため息をついて、店へ戻った。

ため息を一つつくと幸せが一つ逃げるというが、逃がすほどの幸せを感じていない身としてはどうでもいい。

「間に合いましたか？」

戻った途端、邪気《じゃき》のない顔で迎えてくれる者がいる限り、自分なりの幸福はあるのだ。

「間に合ったよ、ありがとう。ああ、小谷は可愛いなあ」

悲観しても仕方ない。

あの男がゲイに興味があるというのが本当なら、その相談にのってやるつもりで会うのもいいだろう。

どうせ、彼は真剣ではない。

真剣な恋愛は…、怖かった。

真剣な気持ちを吐露するなんて、余程の勇気がなければできない。

どう見ても、あの男はそんなタイプには見えなかったし、自分達は一度しか会っていないのだ。

それなら、ノンケの人間の相談にのってやるくらいいいだろう。

「酒でも奢《おご》らせるか…」

その程度の気持ちで向かえば…。


十時になっても、今夜は客が二組残っていた。

料理の余分もあったので、たぶんもう少し営業しているだろう。

けれど、俺は人と約束があるからと言って十時に上がらせてもらった。

うちの店は基本の就業時間は決まっているが、それぞれの都合によってフレックスタイムにできる。たった一つ、他の従業員の同意を得るという条件さえクリアすれば。

今夜は青木も小谷もいるし、混み合う時間も過ぎたので、俺が帰ることを留める人間はいなかった。

俺はギャルソンの制服から、長袖のロンTに黒いオーガンジーのシャツを重ね、その上から薄手のコートを羽織《はお》って店を出た。

駅前のカフェに向かうと、道路を眺《なが》めるように作られたカウンター席に立川はいて、身振りで今出ると合図《あいず》してきた。

当たり前だが、昼間見たのと一緒の格好だ。

「どこで話す？」

「そっちが誘ったんだから、奢りだよね？」

「…あんまり高いとこじゃなきゃな」

就職に失敗して親戚の家で働いてる人間の財布《さいふ》の中身はたかが知れてる、か。

「いいよ。じゃ、安くて落ち着けるとこにしよう」

「そういう連中が集まるとこか？」

「落ち着いて飲める場所だよ。電車に乗るから、切符買っておいで」

「ケータイで通るからいい」

「あっそ」

並んでは歩かなかった。

俺が少し前を行き、彼はその後ろをついてきた。改札を通り、電車に乗り、繁華街へ向かう。下りの電車はまだ混んでいたが、上りはガラガラ。二人の間に一人座れるくらいの空間を空けて座席に座れるほど。

車内で、色々話しかけられるかと思っていたのに、立川は大きく脚を広げて座ったまま、正面の広告を見ていた。

何か話せばいいのにと思いつつ、悔しいからこちらからは話しかけずにいると、無言のまま目的の駅へ到着してしまった。

本当の繁華街と呼ばれる街から零れてしまったような駅は、大通りには大きなビルやチェーンのカラオケ店や居酒屋などが軒を並べるが、一本脇に入ると小さい店ばかりがポツポツと明かりを灯《とも》す。

安さか個性かで売ってるようなチープな店が多い中、俺が選んだのは南方《なんぽう》のお土産《みやげ》屋に飾ってあるような奇妙な木像が置かれた店だった。

「面白そう」

中へ入ると、S字型に作られたカウンターは、カップルで埋まっていた。

レゲエっぽい格好をしたマスターに声をかけると、「どうぞ」と緩い音楽の向こうから返事が聞こえた。

「奥の席、空いてる？」

「こっち」

と彼を呼んで入ったのは、カウンターと反対側に、まるで洞窟《どうくつ》を掘ったように作られた個室だ。

二人入ればいっぱいのその空間は、カップル用に作ったらしいが、結局男は向かい合うより隣り合う方が好きらしく、あまり使われないらしい。

「いらっしゃい、宮崎さん。久しぶりですね」

マスターは人懐《ひとなつ》こい笑みを浮かべながら、水とお通しらしいナッツを持ってきた。

「ちょっと仕事の話なんで、呼ぶまで来なくていいから」

「呼ばれても気づかないかも。オーダーは？」

「俺はラムコーク。それと適当に肉っけのあるもの盛り合わせて。君は？」

「『立川』だ。カクテルしかない？」

「いや、ビールでもウイスキーでも、何でもどうぞ」

「じゃ、ビール、ジョッキで」

オーダーを受けると、マスターはすぐに姿を消した。

残ったのは二人だけ。店に流れる音楽が届きはするが、コンクリで固めた岩肌のような壁のせいで、声は届かない。当然、こちらの声も外には聞こえないだろう。

「意外」

彼がテーブルの端にあったメニューを開きながら先に口も開いた。

「何が？」

「宮崎はもっとオシャレなとこに連れてくかと思った。高級そうな」

「お前が高いとこにしないでくれって言ったんだろ。それと、呼び捨てにするな」

「どうして？　年上だから？」

「…そうだ」

「くだらねぇ。どうでもいいじゃん」

「あのなぁ」

「アメリカで暮らしてたから、本当ならファースト・ネームで呼びたいところだ。な、下の名前何ていうの？」

「教えない」

「じゃ、宮崎で。俺のことも立川でいいよ。『君』だの『立川くん』だのはやめてくれ。くすぐったい。それならまだ『お前』のがいい」

文句を言おうとしたところで、早くも酒が届く。

ケンカしているように見られたくないから、言葉を切った。

「チーズとサラミでいい？　料理は追加してね」

「オススメある？」

「今日は手羽先《てばさき》の唐揚《からあ》げ。ケイジャン風だからスパイシーだよ」

「あ、じゃそれと、おでん盛り合わせと、ソーセージ盛り合わせ。チーズポテトグラタンと野菜スティックも」

「そんなに食べないぞ」

「俺が食うの。腹減ってるから」

「はい、手羽先唐揚げとおでん盛り合わせ、ソーセージ盛り合わせ、チーズグラタンと野菜スティックね。ごゆっくり」

二人しかいないのに、何品頼んだんだか。

でも、ランチの時に見た彼の食いっぷりからすると、これが当たり前なのかも。

「大食らい？」

「身体に見合う程度だろ。これが夕飯だし」

「自分で料理しないの？」

「しないな。アメリカじゃファストフードかデリバリーばっかりだった。宮崎は料理作るのか」

「そりゃ、一人暮らしが長いからね」

「ふぅん、一人で暮らしてるんだ」

口が滑った。

でもまあこの歳なら一人暮らしだということぐらい、想像するだろう。

「それで、俺があんたに…」

「シッ、その話は後」

「何で？」

「お前が料理をあんなに頼んだからだろ。マスターが顔を出すたびに話を中断されたくないだろ」

「聞かれたくないんだ」

「当然だ」

「じゃ、料理が来るまで何してるんだ？」

「他人に聞かれてもいい話、だ」

立川は呆れた、というように肩を竦《すく》めた。

この男には、わからないのだ。

同性愛者であることのリスクが。

「じゃ、宮崎のこと訊いてもいいか？」

「答えるとは限らないけどね」

「趣味は？」

「特にない」

「行きたいところは？」

「北欧」

「どうして？」

「寒いところが好きなんだ。それと海も」

「サーファー？」

「まさか。ただ打ち寄せて来る波を見てるのが好きなだけ。一度…、雪が降ってる海を見たことがある。不思議で、綺麗だった」

相手が興味を示さないであろう話題を持ち出すのは、それで彼に面倒臭いと思わせるためだった。

男同士で、海がどうの雪がどうのと語り始められても、返事に困るだろう。

「どこが不思議だったんだ？」

けれど彼はついてきた。

「雪が積もらないとこ。灰色の海に白波が立って、海岸には雪が積もっていくのに、後から後から降って来る雪が消えてゆくのが不思議だった。知ってる？　白波が立つことを兎《うさぎ》が走るって言うんだよ。灰色のうねりの中、白い兎が駆け抜けるんだ」

「へぇ…。幻想的だな」

「幻想的なんて言葉、知ってるんだ」

「取り敢えずなんだ大卒だぜ」

「宮崎は？　大学行った？」

「そりゃ行ったさ。どうして？」

「料理の専門学校か何かかと思った」

「料理を作るのは俺じゃないよ」

「だよな」

軽口で交わす会話は、意外にも楽しかった。

その間に、料理が運ばれ、テーブルの上が皿でいっぱいになる。

立川はまた欠食児童の食べ方で、次から次へとそれを口へほうり込んでゆく。途中、俺が手を出していないことに気づくと、食えよと勧めてきたが、俺が一口食べる間にそのほとんどが消えていた。

彼が普通の友人だったら、これは楽しい酒になっただろう。

けれど現実はそうではない。

全ての料理が運ばれてしまうと、彼はもういいかというように、料理に伸ばす手を止めた。…もうそんなに残ってもいなかったが。

「さて、それじゃ真面目に口説くか」

手羽先を摘まんで汚れた手をおしぼりで拭きながら身を乗り出す。

「口説くって…」

「付き合ってくれって言うんだから、口説くんだろ?」

繰り返されたそのセリフに、俺もため息を繰り返した。

「さっきも言ったけど、君はちょっとその気になってるだけだよ」

「『立川』、覚えが悪いな。その気になったんならいいじゃないか」

覚えが悪いわけじゃない。わざとなのに。

「男同士って意味わかってる？」

「ゲイだろ？　それに、俺の叔父さんだってゲイだし、この間までアメリカにいたんだ。知識としてなら何にも知らないなんてわけないだろう」

「知識として、ね。やり方とかのことを言ってるんじゃないよ。世間体とかそういう問題だってあるんだよ？」

「そんなの、関係ないだろ。お互い組織に属してるわけじゃなし。あんたが店の連中に内緒にしてるなら、俺はそれを吹聴したりしないぜ」

別にそれはどうでもいいんだが、敢《あ》えて口にはしなかった。

それは自分や彼のためではなく、店の友人達のためだ。

立川がどんな人間だかわからない以上、個人的な秘密を漏《も》らすわけにはいかない。

「俺が無知なガキだと思ってるんなら、まずそこから訂正しとく。女となら経験は豊富だし、ゲイの知識はある。その上で、あんたがいいなと思ったんだ」

彼なら、確かに女性経験は豊富だろう。

「キスされたから？　子供じゃないか」

「違うさ、大人だからキたんだろ。勃起の意味もわかってる。その上で宮崎が色っぽいって思ったんだ」

「声が大きい。ストレートな言い方しないで」

「聞こえないさ。でも気になるならもうちょっと顔を寄せろよ」

言いなりになるのはシャクだが、仕方なく肘《ひじ》をテーブルに載せて前のめりになる。

「あんたが色っぽいってのは本当さ。男に美人っていうのは変だが、綺麗な顔だと思う」

「よく言われるよ」

「モテる？」

「それなりにね」

「でも今は決まった相手はいないんだろう？」

「…天野さん情報？」

彼は黙って頷いた。

あの遊び人め。個人情報をベラベラと。

「確かに、今はフリーだけど、誰でもいいってわけじゃない」

「俺じゃ不満か？　デブ専とかフケ専とか？」

「違う！」

「声、大きいぜ」

…まったく。

「確かに、立川は好みの顔だよ。でもね、興味本位の人間の相手はしない。キスは男も女も違いはないけど、寝るとなったら男の裸を前にするんだよ？　自分と同じもの見てゲンナリするのがオチだ」

「じゃ、試してみるか？」

「……ハァ？」

「試してみれば一発でわかるだろ？」

「試すって何を」

察しはついたが、訊かずにはいられなかった。

だって、まさかそんなことを言い出すなんて考えられなかったから。

「寝てみようって言ってるんだよ」

「バカじゃないの！」

けれど思った通りの答えだったので、思わず声を大きくしてしまった。

「何でだよ」

「一度しか会ってないんだぞ？」

「店に通ってる間に何度も会ってるだろ」

「言葉だって交わしてないし」

「今色々聞いた。ロマンチストで可愛いこともわかったぜ」

ナマイキな。

「ひょっとして、寝るのは初めて？」

「そんなわけないだろ」

「じゃいいじゃねぇか。もしそれで俺の勘違いだったとわかったら、土下座して謝るよ。宮崎のこともちゃんと『さん』付けで呼んで、ここよりもっといいところで美味いものを奢ってやる」

「自信があるんだ？」

「あるさ。こうしてても、あんたに触れたいって思ってる」

触れたい、じゃなくて触ってみたいの間違いだろう。

ノンケの人間がそんなにすぐに宗旨《しゅうし》替《が》えできるわけがない。

「……わかった。いいよ。それじゃ試してみよう」

どうせできないに決まっている。

それなら、この気に食わない男の土下座を見てやろう。

自分勝手で、人の神経を逆撫でしてばかりの男が、床に頭を擦り付けて詫《わ》びる姿を見れば、きっとすっきりするだろう。

「ＯＫ。それじゃ出ようぜ」

「今から？」

「気が変わらないうちのがいいだろ？　どうせお互い一杯ずつしか飲んでないんだし。腹が減ってるならホテルで食えばいい」

「場末の連れ込みだったら行かないよ」

「いいとこ探すさ」

言うなり、彼はスマホを取り出して検索を始めた。

こちらが受けて立ったら躊躇《ちゅうちょ》するのではないかと思ったが、これでは罠にはまった気がする。

「近くに評判のいいラブホがある。そこにしよう」

立川は伝票を持ってさっさと立ち上がった。

今更、『やっぱりなかったことにしよう』とは言い出せない雰囲気で。


立川が検索をかけたホテルは、飲んでいた店から歩いてすぐのところにあった。

こんなところにラブホテルがあったんだと思うほど近くに。

両隣は雑居《ざっきょ》ビル。そんなに派手なものではないが、『泊まり』『休憩』などと書かれた看板が、建物の壁に掲げられていることと、入口が塀《へい》で隠されているところがいかにもな感じだ。

その隠れた入口に、立川は戸惑うことなく入っていった。

外側は少し古い感じがしたが、ロビーは広く、普通のホテルのロビーのようにソファや観葉植物が置かれている。

ただフロントはなく、会計用の小さな窓口と、部屋のタイプの写真が飾られたパネルが並んでいるだけ。そのパネルの横にはボタンがあり、立川はその中でモノトーンの部屋のボタンを押した。

自動販売機よろしく吐き出されたルームキーを持ってエレベーターへ向かう。

「日本のラブホテルに入るのは初めてだ」

「女性経験は豊かなんじゃないの？」

「アメリカでな。あっちはモーテルだから車で入るんだ。日本はセックスのためだけのホテルなのに豪華《ごうか》でいいよな」

どうやら彼は向こうでもあまりいい生活ではなかったらしい。

この程度で豪華だなんて。

狭いエレベーターに乗り、三階で降りて一つの扉の前へ立つ。

持ってきた鍵《かぎ》でドアを開け、中に入ると、そこはオフホワイトのカーペットに、ちょっと中国的な唐草模様の家具も、キングサイズのベッドヘッドも黒という、綺麗かもしれないが、怪《あや》しい雰囲気の部屋だった。

「腹、減ってるか？」

「別に。それより、するんならお風呂に入らせてもらうよ」

「積極的だな」

「こっちは働いてきた後なんだから、汗を流してさっぱりしたいだけ。一緒に入ろうってわけじゃないよ」

「一緒に入ればいいじゃないか。その方が裸になりやすいし手っとり早い」

「デリカシーがないな。セックスしたいだけならどこかでそういう仕事の人間を探してくれる？　恋愛を前提にするならムードってものを考えてくれないと」

「雰囲気重視か」

「当然でしょ。先に入るから、その空っぽな頭でよく考えるんだね」

俺は彼をおいて、さっさとバスルームに向かった。

ガラス張りのバスルームに入ると、興味深そうにこっちを見ている立川と目が合ったので、スイッチでそのガラスをスモークに変える。

勢いというか、一時の感情でここまで来てしまったが、服を脱ぎ、シャワーを浴びるとじわじわと後悔が湧いてきた。

仕事が楽しかったせいもあるが、決まった相手がいなかったので、一年以上最後までしていない。

どう考えても立川がアナルセックスに慣れてるとは思えないから、するとなれば結構キツくなるだろう。

いや、もし彼の方が『して欲しい』と言ったらどうしよう?

もし途中までやって、やっぱりやめたとか、萎《な》えたと言われたら。自分で始末をつけなくてはならないのか?

やっぱり、ここは諭《さと》して帰すべきだったのかも。

考え事をして風呂が長引くと、念入りに洗っていると思われるかもと思って、髪は洗わず身体だけ洗い、ホテルのバスローブを着て部屋へ戻る。

部屋では、立川がラブソファに座り、冷蔵庫から出したのか缶ビールを開けていた。彼の身体の大きさでは、ラブソファも一人掛けのソファに見える。

彼は缶を手にしたまま、こちらをじっと見つめた。

服という装飾を剥ぎ取ったら、男にしか見えないだろう。

やっぱりやめたというなら、今言って欲しい。

「お風呂空いたよ、どうぞ」

「ああ。そうだな」

「男のバスローブ姿で誤解がはっきりした？」

「いや、反対だ。ちょっとそそられたんでびっくりした」

「……早く入ってきたら？」

「そうするよ」

立川がバスルームへ消えると、今度は俺が冷蔵庫からビールを取り出して口をつけた。

素面《しらふ》でいるのが気まずくて。

ああ、本気でするつもりなら、コンドームとローションをチェックしなくちゃ。

普通のラブホテルは男女の営みのためのものだから、コンドームは置いてあってもローションまで用意されることはない。女性は自然に潤《うるお》うものだから。

けれどここは幸いなことにローションの用意もあった。ボトルが大きいところをみると、男女のローションプレイ用のものかもしれない。

取り敢えず、最低限の準備がなされていることを確認してから再びビールを飲む。

缶を半分ほど空けたところで、立川が戻ってきた。

「待たせたか?」

全裸で腰にバスタオルだけを巻いた姿。

いい身体をしているとは思っていたけれど、裸になるとそれが更に際立った。

自分だって、体型には気を付けている。けれど彼の身体は、鍛《きた》えた者の筋肉を纏《まと》っていた。

「別に、待ってはいないよ」

目のやり場に困るほど、いい身体だ。

「さっきのこと、少し反省した」

彼はそのまま近づき、ソファに座っていた俺の隣に座った。

「さっきのこと?」

二人座りのラブソファに男二人ではぎゅうぎゅう詰めだ。恋人同士ならその密着が嬉しいからこそのラブソファなのだろうが。

「デリカシーがないってこと。確かに、宮崎の言う通りだった。男同士だからストレートな物言いでもいいと思ってたが、恋愛を前提にするなら、手を抜くべきじゃなかった」

こんなところで変に紳士《しんし》ぶられるから、反応に困った。

「いいよ、別に君から甘い囁《ささや》きが聞きたいわけじゃない」

「もういい加減立川って呼んでくれよ」

「…立川」

名前を呼ぶと、彼はにこっと笑った。

「ベッド、行こうぜ」

「いいよ」

誘いを受けて、俺が先に立ち上がる。

薄手のフェザーケットをめくり、バスローブを着たままベッドへ仰向けに横たわる。

立川は、腰に巻いていたタオルを外し、全裸でベッドに上がってきた。

引き締まった身体と、その下にある性器に目が行く。触った時にわかっていたのだが、立川のはやはり大きかった。

まだ勃起していないものが、股間にだらんと垂れている…、と思ったが、それは少し頭をもたげていた。

彼は手をついて俺に近寄り、目の前まで来た。

「キス、してくれよ」

『してくれ』と言ったクセに、唇は彼の方から重なってきた。

乱暴に差し込まれる厚い舌。

動こうとするその舌を、歯先で軽く噛んで応える。

「ん……」

そのまま絡ませ、吸い上げ、わざと音を聞かせるように唇を薄く開ける。

引き抜こうとした俺の舌を追いかけて伸ばされた彼の舌の先を舌先で舐める。

キスだけで、五分は使った。

やっと完全に唇を離すと、立川の目は飢《う》えたようにギラついていた。

「キス、好きか?」

「…嫌いじゃないよ」

「上手いな。慣れてる感じだ。何人とした?」

「この状態で他人のことを訊くのはルール違反だと思わない?」

「嫉妬《しっと》だと思えよ」

言いながら、彼はまた唇を求めてきた。

今度は彼主導の、乱暴なキスだった。

キスは、好きだった。

睦《むつ》み合う、という言葉があてはまるような愛撫の一番最初の行為で、身体を重ねるのがただの性欲ではないような気にさせてくれるから。

でも実はそんなに経験豊富というわけではない。

若い頃…、という言い方は嫌いだけど、今よりちょっと前には何人かの男と寝た。

もちろん、行き擦りなんて相手ではなく、それなりに付き合いを経《へ》てからだ。恋人と呼んだ者もいたし、友人からセックス・フレンドになった者もいた。

セックスは愛情を交わした者としたい。でも、その相手を見つけられなくても、欲望が消えるわけではないので、後腐《あとくさ》れのない相手を求めてそれを昇華《しょうか》させなければならなかったからだ。

けれどそういう相手にはインサートを許さなかった。

身体に負担があるのと、気持ちの問題だ。

自分の身体の中に他人を受け入れる、相手の動きで自分が翻弄《ほんろう》される、それをされてもいいと思う相手とでなければ嫌だった。

でも今更立川にそのことを言えるだろうか？

立川の手が、腰を縛っていたバスローブの紐《ひも》を解いて、前を開いた。

下着を付けていない自分の裸体が彼の前に晒《さら》される。

それだけで、彼が萎えるのではないかと思った。

だが意に反して彼は俺の身体を見てゴクリと喉《のど》を鳴らした。

「細いな」

「普通だよ」

「そうか？　腰なんか、手をついたら折れそうだ」

言いながら彼が腰骨を撫でる。

「ん…」

そっと触れられ、くすぐったくて声が出た。

「やり方とかってあるのか？」

「別に。女を抱くようにしてくれていいよ。嫌だったら言うから好きにすれば…？」

「女を抱くように、か…。じゃ、お言葉に甘えて好きにさせてもらうぜ」

手が、胸に触れる。

手のひらで、乳首を転がされる。

「女も、乳房を揉むより先をいじられる方が感じるらしいから、男でもココがいいのかもな」

余裕はあった。

年下の、男を相手にしたこともないヤツのテクニックなんてたかが知れてる。

心配なのは、相手が『入れて』と言い出した時と、無理やり『入れたい』と言い出すこと。

こっちがその気になってから『やっぱり萎えた』と放り出されることだけだった。

ある程度乗り気になってくれるなら、適当に満足して終わりにすればいい。

そう思っていた。

けれど…。

「あ…」

彼は、上手かった。

「俯《うつぶ》せになれよ」

「まさか、いきなり入れるんじゃないだろうな」

「そこまでバカじゃねぇよ。大丈夫、よくするから」

やっぱり男の身体を見たくなかったのかと俯せになった肩から強引にローブを引き下ろし、身体の下に潜り込ませる手。

胸を探り、先を摘まむ。

女相手に慣れていると言った言葉は嘘ではないのだろう。決して強くはなく、小さな肉芽を指で挟みやわやわと動かす。

「…う」

彼は背後から重なってきて、剥き出しにされた背中にキスを送ってきた。

柔らかな唇の感触が、雪原に点々と残る足跡のように首筋から肩甲骨《けんこうこつ》へ、背骨へと動き回る。

背中の微かな感触だけでは何とも思わなかっただろうが、同時に胸をいじられていることで鳥肌が立つ。

若い男なんて、ガッついて、自分の欲望を満足させることだけで精一杯のはずなのに、彼の動きは明らかに俺を悦《よ》がらせるためのものだった。

「あ…」

執拗《しつよう》に責められる胸から、快感が生まれる。

「ん…っ」

声など上げるものかと思っていても、鼻にかかった甘い声が零れる。

脚の間に彼のモノを感じるのも、俺の中の欲望を呼び起こす。

「胸、もういいから…」

いつまでもそこばかりいじられて、焦《じ》れったさも覚える。

「俺の好きにしていいんだろ？」

でも彼は先に進んでくれなかった。

「楽しく…、ないだろ…」

「楽しいぜ。細い身体がくねるのが色っぽい」

耳元で答え、耳朶《じだ》を舐められた。

「あ……っ」

「肌も白いし、シミもホクロもないんだな」

やっと手が抜かれたかと思うと、立川はさらに俺のバスローブを引っ張った。

袖を通している腕が、中途半端に引き下ろされるから、わざとではないのかもしれないけれど拘束《こうそく》されたようになってしまう。

そして今度は裾を捲り、尻を撫でた。

「引き締まって、筋肉がついてるところが、女と違うな」

「や…」

撫でていた手が、割れ目の奥に滑り込む。

「だめ…っ」

慌てて下肢に力を入れ、指を拒む。

意図を察したのか、手は離れてくれたが、彼は枕元にあったローションに気づき、それに手を伸ばしたのが見えた。

「あ…っ！」

冷たく零《こぼ》される液体が尻を濡らす。

「脚、開けよ」

優しい声で囁いたかと思うと、彼の指がローションのぬめりをかりて、後ろに指を滑り込ませた。

先だけを入れ、中をかき回す。

「や…っ！」

思わず身体を返して仰向けになると、彼は俺の肩を押さえつけた。

「じっとしてろ」

見下ろす立川の顔。

やる気の顔。

ギラギラして、欲望に満ちた目。

途中で逃げられることはない。彼はイクまでちゃんとしてくれる。その安心感が身体を解放する。

頑《かたく》なに愛撫を拒んでいた神経が解けほぐれる。

さっきまで指で摘まんでいた胸に顔が埋まり、舌が指の続きをする。

再び下肢に伸びた濡れた手が、穴に差し込まれる。

膝を立て、指が入り易いようにしていると、深く差し込まれ、ぐちゃぐちゃといじり回される。

「あ…、や…っ。ん…」

「力入れんなよ、指が締めつけられる」

「無理…っ」

「ここがイイのか？」

「違…」

中で感じるというより、いじられているということが俺を煽《あお》る。

「ちゃんと風呂に入ったんだよな？」

確認するように問われたけれど、返事はできなかった。

それに何の意味があるのかわからなかったので。

だが、俺の返事を待たず、彼は胸を舐めていた舌を下へ移動させ、ちょっと間を置いてからソコを口で咥《くわ》えた。

「あ…！」

初めて男を抱く男が、そこまでするとは思っていなかったので、与えられた刺激に身構える暇がなかった。

「あ…、あ…っ」

舌が竿《さお》にからまり、吸い上げられる。

後ろをかき回されながらしゃぶられ、声が止まらなくなる。

経験者だから、年上だから、余裕を持って迎えてやろうなんて意識は、どこにもなかった。

男に翻弄される肉体を抑えることに必死だった。

立川は本当に俺が乱れることが楽しいのか、一方的な刺激ばかり与えてくるから、恥ずかしいと思いつつ彼の思い通り乱れてゆくのを止められない。

「や…」

更に脚を開かされそうになって、思わず膝を寄せる。

俺が力を入れるから、後ろで蠢《うごめ》いていた指は、一度ずるりと抜けてしまうと、再び入ってくることはできなかった。

もうそこをいじるのに飽きたのかもしれない。

代わって、彼は前を攻め、そこに自分のモノを添えてくる。

バスローブが残っていなければ、抱き着いていたかもしれない。

でも厚手の脱がされかけたバスローブが邪魔で、手はシーツを握るに留まった。

胸で呼び起こされ、局部で追い詰められた感覚が、理性を奪う。

恥じらいは残しながらも、与えられるだけの快感に溺れていると、絶頂の寸前で立川は口を離した。

「素マタするからもう一度俯せになれよ」

命令を下したくせに、彼は身体を動かすのを待たずに俺を俯せにさせた。

「脚、閉じて」

股の間に彼のモノを感じる。

足されたローションが内股を伝ってゆく。

「腰、上げろ。前に触ってやる」

言われるまま腰を浮かせる。

閉じた脚の間で彼が動き、腰が当たる。

前に回った手が、俺を握り、少し乱暴に扱きあげる。

「あ…、いい…っ」

快楽に負けて、ついに言ってしまった。彼の行為が、自分にとって気持ちのいいものだと、白状してしまった。

　後はもう、呑み込まれるだけだった。

「あ…、んん…っ。強い…」

「自分にするのと勝手が違うな」

「先がいい…」

「お前も少しは触ってくれよ」

「バスローブが邪魔で…、腕が動かないんだ…」

「何だ、そうか。嫌がってんのかと思ったぜ。ほら」

脱がすのではなく、肩にバスローブが戻される。背中で彼を感じることはできなくなったが、腕は自由になった
　その手で、自分の脚の間から先を出す彼に触れてやる。

　俺のを握る立川の手と当たり、二人の手と性器が、ローションと先漏れに濡れて卑猥《ひわい》な音を立てる。

「ん…、あん…っ」

　翻弄される。

　快感の波に、立川に。

でももう、俺は抗おうとはしなかった。

くれる快感ならもらう。同じベッドに乗ってしまって、今更逃げる必要などない。最初からわかっていた結果だ。

彼は、俺に欲情してくれた。

無理に突っ込んでくることも、自分に入れろと言い出すこともなく、からかったり蔑《さげす》んだりすることもなく快楽を共有している。

それなら、共にイクだけだ。

「あ…い…っ、イク…ッ」

昂まった熱を解放しながら…。


終わったすぐ後にタバコを吸う男は嫌い、と女性が話しているのを聞いたことがあったが、今の自分にはありがたかった。

コトが終わった後、立川がタバコに手を伸ばすためにベッドを降りてくれたお陰で、彼の視線が自分から逸れてくれたので。

まだ身体は火照《ほて》っていた。でも意識は射精と共に戻り、頭も冷えた。

そうなると、彼の手でいいように転がされたことがみっともなかったという後悔もあったので。

「男でも充分できるぜ」

立川は背を向けたまま言った。

「…そうみたいだね」

そのままでいてくれればいいのに、彼は灰皿を手に、ベッドへ戻ってくる。

「よかったよ」

横になったままの俺の傍らに灰皿を置き、見下ろして笑う。

「ゴツイ男にはまだその気にならないだろうが、宮崎はよかった」

その言葉が少し嬉しい。

「なあ」

「何？」

「俺達、付き合わねぇか？」

「…何？」

「今のはお試しだったんだろ？　試して上手くいったんだから、付き合おうって言ってんだよ」

「付き合うって…、また寝ようってこと？」

「それもあるけど、普通にさ」

「普通って…」

「デートしたり、メシ食ったりってことさ」

「呆れた、一回寝ただけで恋人面？」

俺は身体を起こし、彼と入れ違いにベッドを降りた。

「そうじゃない。あんたと付き合いたいと思ってるから言ってるんだ。男同士ならわかるだろうって適当にしないように、ちゃんと口にしてやってるんじゃねぇか」

「その話は風呂から出てからね」

「また入るのか？」

「そっちは無事かもしれないけど、こっちは汚れたんだから、身体洗うのは当然だろ」

「あ…、すまん」

「動いてお腹空いたから、何か食べ物頼んどいて」

俺は、立川の目を見ず、そのまま服を持ってバスルームに入った。

まだ羽織っていたバスローブを脱ぎ捨てる。

自分で言った通り、内股は彼が放ったもので汚れていた。

まだ乾いていないそれが、重力に従って足元へ伝い落ちる。それを手で拭うと、身体の中にズキリとした感覚が走った。

付き合おうだって？

デートしたり、メシ食ったり？

男を抱く男の気持ちなどわからないと言ったクセに。女性しか抱いたことがないと言ったクセに。今の行為は、ただ男を抱けるかどうか試しただけのはずなのに。

「バカじゃないの…？」

口元が緩み、顔が熱くなる。

好きだ、と言われたわけじゃない。

愛してると囁かれたわけでもない。

けれど、彼の申し出は、まるで恋の告白のようで、嬉しかった。

彼がノンケであることが、普通の人間にも自分の性癖《せいへき》を受け入れられたようで。あの逞しく若い男が、自分に好意を抱いてくれたみたいで。

思い上がってはいけない。

誤解してもいけない。

立川は自分に恋をしたわけじゃない。男でも遊べると思っただけだ。今日の『お試し』の期間を延長しようと言ってるだけだ。

自らに言い聞かせても、嬉しい気持ちは抑えられなかった。

温度を上げたシャワーで身体を洗い流し、そのむずむずするような喜びを抑え、バスルームを出ると、服に着替えて部屋へ戻った。

「何で服着てるんだよ」

立川は、まだベッドに座ってタバコを吸っていた。

「帰るからに決まってるだろ」

「泊まってけばいいじゃないか」

「明日も仕事があるんだから帰るよ」

泊まっていってもいいのだが、することが終わってしまった後、彼とどういう時間を過ごしていいか判断ができなかったので、早くこの場を立ち去りたかった。

「さっきの返事は?」

全裸のまま、立川が近づいてきて腕を取る。

「俺と付き合ってくれるのか?」

「一回できたからって、同性愛者だとは限らないよ。触りっこぐらい男友達でもすることがあるだろう？　立川は錯覚《さっかく》してるだけだ」

「やっと名前を呼んだな」

「…しつこく言われたからね」

「宮崎の言うように、錯覚なのかもしれない」

あっさりと認められて、少し胸が痛む。

少しだけ。

「だったら、それも試してみればいいじゃないか」

「試す？」

「付き合って、友人にしかなれなかったらそのまま友人になればいい。恋人になれたら恋人になればいいい。まだ会ったばかりなんだから、すぐに答えを出す必要はないだろう？」

「それはそうだけど…」

「じゃ、付き合おう」

この強引さが、少しずつ心地よくなってくる。

ただ彼がそういう性格だというだけなのだろうけれど、それだけ強く自分を求められてるみたいで。

「わかった。負けたよ。人前で変な行動をしたり、変なことを言い出したりしない。俺達は友達、それでいいなら」

「いいぜ」

立川はまた笑って、手を放した。

彼の笑顔も、心を揺らす。

「じゃあ、今日はこれでお別れだ」

「サンドイッチ、頼んだぜ？　食ってかないのか？」

食べ物を、と言ったのは自分だ。

「食べてくから、その間に立川も風呂に入ってくれれば」

「風呂から出るまでいるか？」

「いるよ」

「じゃあ入ってくる」

「服、持ってけよ」

立川は素直に服を持ってバスルームへ消えた。

まずいな、とは思った。

彼にずるずると引きずられてる気がする。立川の思い通りに事が進んでる気がする。

でも俺は、ソファに腰を下ろした。

別に、悪いことじゃない。新しい友達ができただけと思えばいい。そういう意味では、彼は悪い人間じゃないだろう。

ちょっと強引で、ちょっと子供っぽいけど。

言い訳にすぎなくても、後悔せずにこの状況を受け入れるためにはそう考えるしかなかった。彼と付き合うということを歓迎している自分を肯定するためにも。

「仕方がない…」

と口にするのは、必要なことだった。


立川は夕方から『歯車』でバーテンダーとして働くので、生活時間帯は日中働く俺とは重ならなかった。

けれど、彼の方は所詮《しょせん》親戚の店で働いているという気安さから、比較的時間が自由になるようだった。

「叔父さんには時間給にしてくれていいと言ってある」

自由になる、というより自由にしてるという感じだが。

「仕事は真面目にしなさい」

「年上口調で言うなよ」

「実際年上なんだから当然だろう」

「しょうがねぇな…。それが宮崎らしさだと思うことにする」

彼は自分より五つも下だ。

俺が大学を卒業した時に、彼はまだ高校生、高校の時には小学生。

本当に弟としか思えない年齢差なのだが、彼の身体の大きさと態度のでかさが、それを払拭《ふっしょく》する。

でも、俺はわざと彼を年下扱いした。

立川に依存《いそん》することを避けるために。

彼の力強さに負けてしまったら、彼に頼ってしまうかもしれない。頼ってしまったら、本気になってしまうかもしれない。

相手は本気ではないのに。

それを避けたかった。

「あんたの店で声をかけちゃいけないんだろ？」

「挨拶ぐらいはいいけど、俺は仕事モードを崩さないからね」

「それもヘコむな。じゃ、俺と一緒に昼メシ食わないか？」

「店の人間と食べることにしてるから」

「時々でいいよ。メールするから。アドレスとケー番教えて」

友人だから、という言い訳で、携帯電話の番号も、メールのアドレスも教えた。下の名前も、呼ばないという約束で教えてしまった。

住んでる場所は教えなかったが。

彼はランチの終わりぐらいに、店を訪れ、食事をする。

どうやらその頃に起きるらしい。

店では約束通り声はかけてこないが、目で挨拶ぐらいはする。

立川が早く起きた日は、メールが入って『食事いかがですか』と誘ってくる。

普段はぞんざいな口の利き方をするのに、メールの文章が硬いのはちょっとおかしかった。

その誘いに応える時もあれば、断る時もある。

「マスターに、俺と付き合ってるって言った？」

今日は応える日だった。

誘いの文句が『新しいラーメン屋を見つけました』で、添付《てんぷ》されてた写真が見たことのない店だったので。

「言ってない。言う必要ないし、あんた、そういうの嫌いそうだから」

鳥ラーメンという、スープも鶏《とり》ガラ、チャーシューも鶏で、細麺《ほそめん》で、好みの味だった。

好み、と言ったらやっぱりなと言われたのはちょっとムカついたけど。

「お店、真面目にやってる？」

「あんたのとこの従業員見て勉強してる」

「うちの？」

「シェフ。無愛想で、あんまり客と喋んないでも結構やってるじゃん」

「ギャルソン見て研究してるかと思えば、九曜か」

「くよう？　下の名前？」

「苗字だよ」

「仲いいの？」

「そりゃ同じ店で働いてるんだから」

「あの人のメシ、美味いよ」

こうして並んでラーメンをすすっていると、本当に友人のようだ。

「あの店、無駄に顔がいいのばっかだよな」

「無駄じゃないさ。接客には顔のいい方がいい」

「あの中に寝たヤツいる？」

俺は思いきり脚を蹴った。

「痛ッ」

相変わらず、こういう無神経なところが、ガキっぽくてイライラする。

「外で変なこと言わないって約束しただろ。下世話」

「妬くのは恋人の特権…、ッ！」

もう一度同じところを蹴る。

「革靴、痛いんだけど」

「約束を守らないからだよ」

「チェッ…」

愛だの恋だのは囁かない。

でも時々はそれっぽい言葉が混じる会話。

「今度の休み、いつ？」

「木曜日」

「この間は水曜だったよね？　定休日は日曜だけど」

「前以《もっ》て伝えておけば、休みの日は自由に動かせるんだ。一応の週休二日だから」

「日曜日、俺のとこ来ない？」

「ヤダ」

「どうして？」

「やりたい空気が満載だから」

答えると、テーブルの下で軽く脚を蹴られた。

「痛いな、何」

「そっちが約束違反。『やりたい』って言ったろ。それは聞かれちゃマズイ変なことじゃないのか？」

本当、子供っぽい。

「何を、か言わなかっただろ」

「じゃ、遊びに来いよ」

「理由は？」

「距離を縮めるため。まだ一緒にメシしか食ってないだろ？」

「お願いしますって言ったらね」

「『お願いします』」

「心がこもってないなぁ」

「俺を服従させたいわけ？　そういう趣味？」

「態度がデカイのが気に入らないの」

「俺は普通だよ。学校出てまで年齢で上下関係決められるのは好きじゃない。何にもないとこで知り合ったんなら、対等でいいだろ？」

そう言う彼の顔が、男らしくカッコイイと思ってしまうのもマズイ。

「立川はガキっぽいから、年齢じゃなくて本人で判断してるんだよ」

「何だよ、それ」

困っていた。

立川と会うたびに、そんなに悪いヤツじゃないと思ってしまうことが。

友人だと思おうとしても、一度彼に抱かれた身体は、『そういうこと』を知っている。

何げないフリを装っても、心の内側では、立川の指の感触を反すうしてしまう。

自分からは、絶対に『寝よう』とは言わないと決めていた。もう一度があるなら、絶対に彼に言わせたかった。

自分から言い出せば、足元を見られる気がしたから。

「木曜日、夕方まで俺と付き合ってください、宮崎様。お願いします」

「…しょうがないな。じゃ、いいよ」

滑り落ちてゆく坂道で、必死にブレーキを踏んでる気分。

「偉そう…」

でも、確実に自分は滑り落ちているという自覚があった。

彼といることが楽しくなっていたから。

「ほら、じゃあネギあげるよ」

「どうせなら肉くれよ」

「やだよ」

本当に、楽しくなり始めていたから。


結局、木曜日の休みの日、俺は彼の部屋へ遊びに行った。

立川のアパートは、確かに店から近かった。

歩いて十分ちょっと、俺のマンションと同じ方向だが、それよりもうちょっと離れた場所にあった。つまり俺のマンションとは目と鼻の先だ。でもそのことは教えなかった。

まだ新しい建物の二階、扉を開けると、何もない空間が広がる。

「引っ越してきたばっかりだからさっぱりしてるけど、茶ぐらいは出るぜ」

「いいよ、別に」

「俺はコーヒー飲むから」

八畳一間にパイプベッド、タワータイプのパソコンの載ったテーブル、部屋の隅に、衣服が入っているらしいプラスチックのケース。それだけしかない。

テレビも電話も見当たらない。これで生活できるのだろうか？

「…テレビは？」

「観たいのか？」

「っていうか、持ってないの？」

「見たいなら、パソコンで見られるけど」

…なるほど、今時なワケだ。

「電話は携帯電話だけ？　固定電話は？」

「スマホ一つで充分だろ」

身軽なものだ。

いや、貧乏《びんぼう》なだけか。

「好きなとこに座ってくれ。フローリングでケツが痛かったら、ベッドの上でもいいぜ」

彼はキッチンでお湯を沸かすと、有言実行《ゆうげんじっこう》で自分の分だけのコーヒーを淹れて戻ってきた。

俺はベッドに腰を下ろしたが、彼は板の間に胡座をかいて座った。

「距離を縮めるって、何するつもり？」

「デート」

「デート？　それなら外で待ち合わせればよかったじゃない」

「その前に必要なものがあったからな」

「必要なもの？」

彼は立ち上がると、クローゼットを開けた。

ひょいっと覗くと、造り付けのクローゼットの中は、ジャケットだけが下げられていて、下にはガムテープが貼ったままのダンボールが二つ置かれていた。

その箱の上に置かれていたヘルメットを一つ、渡される。

「その格好じゃ寒いから、こいつも貸してやる」

次いで、革ジャンが投げ渡される。

「…何これ？　まさか」

立川はにやっと笑った。

「バイクでタンデム。いいだろう」

子供だ。

絶対彼はガキだ。

この寒空《さむぞら》にバイクでタンデムなんて、大人のすることじゃない。

「どこ行くの？」

でも五分後、俺は彼のバイクの後ろに跨《また》がり、彼の身体に腕を回して、風避けがわりに大きな背中に顔を寄せていた。

「秘密」

「ガキっぽい！」

「男らしいって言えよ」

自分にとって、男同士の恋愛は、隠れてするものだった。

男女の恋人がするような、デートなんて夢のまた夢だと思っていた。

一緒に歩いたり、手を繋いだり、こうしてバイクにニケツするなんて、あり得ないことだった。

やってみたいなぁと思ったことはあっても、叶わないと背を向けるべきものだった。

それをこの男は簡単に叶えてくれる。

「帰る時間があるんだから、行く先ぐらい教えてよ」

「江ノ島《えのしま》だよ。お前、海好きだって言っただろ」

笑っちゃうようなデートコース。

江ノ島？

バイクを飛ばして？

「遠い！」

笑いが止まらなかった。

「俺も行ってみたかったんだ。行ったことないから。エスカーには死ぬまでに一回乗っとけってダチに言われてたから」

「騙されてる」

バカだ。

バカだ。

自分もバカだ。

彼がブレーキをかけるたびに慣性で彼に寄り添ってしまうことや、人目をはばからずしっかりその身体に腕を回せることが嬉しいなんて。

自分の言ったことをちゃんと覚えてくれていたことが嬉しいなんて。

観光客のいない江ノ島で、鳥肌が立つほどの海風に晒されることが。

土産物屋《みやげものや》のまんじゅうを歩きながら二人で食べることが。

「何だよ、コレ。サギじゃん」

と世界初の屋外エスカレーターと謳《うた》われた、ただのエスカレーターを乗り継いでゆくことが。

全部、全部、楽しいなんて。

「誰も見てないからキスしようぜ」

「やだよ」

「見られたって、どうせ知らないヤツだしいいだろ。軽くでいい」

軽く押し当てられる冷たい唇に熱が上がる。

マンガや小説で、女の子が夢見るようなことをしている自分に陶酔《とうすい》してる。

「ダチがチケット関係の仕事やってるから、今度映画観に行こうぜ。タダで」

「いいの？」

「音楽会とか好きなら、いつでもチケットあるぞ。海外から大物とか呼んで、空席が出ると失礼になるから空いてる席を埋める要員が欲しいんだと」

「それを言うなら音楽会じゃなくて、演奏会じゃないの？　でもいいな。チケット高いから行けるんなら行きたい」

「今度もらってやるよ。あの店の人も、欲しいなら配っていいぜ」

「売ればいいのに」

「面倒臭い」

「貧乏なクセに」

「俺は大金持ちだ」

「はい、はい。じゃあ後でご飯奢って、大金持ちさん」

奇跡というものが、あるのかもしれない。

とてもまともじゃないきっかけで、恋人が見つかるなんてことがあるのかもしれない。

立川も、本当は同性愛者の資質があったのかも。自分が偶然そのスイッチを入れたのかもしれない。

「鼻水出そうだ。やっぱ俺は冬の海はそんなに好きじゃねぇなぁ」

夢を見てはいけないと思いつつ、夢を見始めてる。

「温めてあげようか？」

「どこで？」

「さっき食堂で、サザエの壷焼《つぼや》き売ってたよ」

「…バイクの運転があるから、酒が飲めないからやだ。それぐらいなら、ホテルでも行こうぜ」

「夕方までには帰る約束だろう？　立川、店があるんだから」

「じゃあ今度は夜まで付き合ってくれよ」

「…いいよ。お願いするならね」

でもどこかで、わかっていた。

「じゃあいい」

これは現実ではないのだということが。

楽しくて、嬉しくて、恋人気分になっているけれど、それが事実なわけではないって。

「拗《す》ねるなよ。ほら、サーファーがいるよ」

これは『お試し』でしかなく、彼の出す結論が『友人』である可能性が高いのだということが。

「宮崎、ちょっといいか?」

立川の来なかった日。

帰りがけに俺は九曜に呼び止められた。

「何?」

「話がある」

「いいけど、小谷くんも?」

「いや、小谷は先に帰した」

「深刻な話?」

「じゃない。ちょっと訊きたいことがあるだけだ」

店の奥のスタッフルーム、九曜はまだ白いシェフコートを着ていたが、俺はすでに着替え終わってコートに袖を通しているところだった。

一緒にいた青木は空気を察して、「じゃ、お先に」と部屋を出てゆく。

俺はコートを脱ぐと、ソファに座った。

「で? 何?」

九曜も隣へ座る。

「あの男と付き合ってるのか?」

「あの男？」

「ランチタイムに来てるデカイのだ」

自分だって結構デカイくせに。

「別に。付き合ってるけど、彼氏じゃないよ、友達」

「友達？」

「前にも言わなかったっけ？　彼はノンケだって。行き着けのバーのマスターの甥っ子で、そこで知り合っただけ。でもちょっとおバカで可愛いんだ。だからいい友人として付き合ってる」

「それでいいのか？」

「何が言いたいの」

九曜は言いにくいそうに視線を外すと小さく舌打ちした。

それは彼の癖だった。

「あの男がノンケだってのは青木から聞いた。でも…、お前、ここんとこ上機嫌だっただろう。青木は付き合ってるんじゃないかって言ってたけど、そうじゃなかったらと思ってな…」

「そうじゃなかったらどうするの？」

「心配してる」

その一言を聞いて、俺は笑った。

彼の『心配』の意味を知っていたから。

「大丈夫だよ。言っただろ、行き着けのバーのマスターの甥っ子だって。そのバーはそっちの人間が集まるところで、彼の叔父さんもそういう人。立川もそのことを知っててその店で働いてるし、もちろん、俺がゲイだってことも知ってる。だから、お前が心配してるようなことはないよ」

「全部知ってて友達になったのか」

「好奇心旺盛《こうきしんおうせい》な子みたいだね。同性愛を理解しようとしてるみたい」

俺は敢えて立川を『子』と呼んだ。

「『子』って、あいつ幾つだ？」

「九曜より年下だよ。二十四だって」

「見えねぇな」

「だねぇ。身体だけは立派だから」

彼とすでに一度寝たことは言わなかった。

言う必要も感じなかった。

「この間、バイクでタンデムしたんだよ。映画も観に行ったし、遊園地も行った」

「…何だそりゃ」

少し呆れたような声。

「子供みたいだろう？　そういうのが楽しいんだ。自分とは無関係だったから」

「あんた、優等生だったからな」

「うん。まあ学生時代は真面目だったね。だから、あの子がそういうところに誘ってくれるのが楽しくて、友達付き合いしてるだけ」

「ならいいが、ノンケに入れ込むと後で色々…、面倒になるぞ」

一瞬彼が言い澱《よど》んだのは、彼が俺の過去を知っているからだ。

というか、その現場にいたからだろう。

「大丈夫。九曜は小谷と恋愛してから心配性になったんじゃない？　俺はお前より年上で、いろんなことを経験してもちゃんと笑える大人なんだから。それに、お前が心配するのは俺じゃなくて恋人のことだろ？　彼の身体のこと考えて抱かないと、受ける方はキツイんだからね。小谷こそノンケだったんだし」

「うるせぇな、兄貴風吹かすなよ」

「兄貴みたいなもんだよ。年上だからね」

「兄貴と同じなんだから…、もう三十か」

兄貴、というのは俺の同級生だった彼の本当のお兄さん、忍のことだ。

「二十九」

デリカシーのないところは本当に九曜は立川に似てる。

でも決定的に、二人は違う。

「大して変わんねぇだろ？」

「大きいんだよ、二十代と三十代は」

睨みつけても、九曜は『そうか？』という顔をしていた。

「学生時代にして来なかったことを、子供みたいに一緒になって楽しむことができる相手ができた。しかもゲイであることを隠す必要もない。そういう友達ができたって夢をみるぐらいいいだろ？」

「夢とか言うな」

「夢みたいなものさ。ちゃんとわかってる。だからこの話はこれでおしまい。…立川はいいヤツだよ。お前の料理もすごく美味いってベタ褒めだった」

俺から褒め言葉を聞かされ、照れたように彼が口をへの字に曲げた時、スマホが鳴った。

取り出して見ると、相手は立川だった。

『仕事が終わる頃だと思いますので、もしよろしかったら風邪薬《かぜ》と水を買ってきてもらえませんか』というメールだ。

「あいつか？」

許可も得ず、九曜が隣から画面を覗き込む。

「…ずいぶん硬い文章だな」

メールの時だけなのだが、丁度よかった。

「とても恋人とは思えないだろ？　今日来ないと思ってたら風邪引いてたんだな」

「行くのか？」

「友達だからね」

「…何か食材の余ってるので作ってやるから、持ってけ」

「優しいねぇ」

笑うと、彼はまた忌《い》ま忌《い》ましそうに舌打ちした。

「大切な客だからだ」

彼は立ち上がると、店へ向かった。

俺はコートを羽織り直し、そのポケットへスマホを落とすと苦笑した。

いい友達がいるという夢、か。我ながら嘘つきだな。夢は見ているけれど、それは青臭いガキの恋愛を楽しんでるような夢、じゃないか。

最初に誘われてホテルへ行ってから、俺と立川は何度も二人きりになって、あちこち出掛けた。

彼の部屋へも行った。

だが、彼がキス以上を求めてくることはほとんどなかった。

「二回、か」

互いに触り合って射精するだけの行為が二度、だ。

やはり男に突っ込むことはハードルが高いのだろう。インサートを求められることはなかった。

彼がされる方を望んでるということもないだろう。立川の抱き方は、完全に男側のそれだったから。

つまり、彼が求めているのはちょっと欲望を捌《は》かす時の気の置けない相手と、一緒に遊び歩く友達でしかないのだ。

この間までアメリカに行っていたというし、彼の友人達はたぶん皆サラリーマンになり、日中暇を作れる者がいないから、俺なのだ。

時々、こうして自分で確認しておかないと、夢を見過ぎてしまうから注意しなくちゃ。

この時間ではもう薬局はやっていないだろうし、コンビニでは医薬品は置いてないだろうから、店にある薬箱から風邪薬を取り出してスマホとは反対側のポケットへ入れる。

「九曜。どうせそんな食べられやしないだろうから、適当なもんでいいよ」

この付き合いに賛成しているわけではないだろう。

なのに彼はちゃんとしたお弁当と、スープを入れたマグポットを渡してくれた。

「洗って返せと言えよ」

「マメだなぁ」

「スープ、俺っす」

洗い場から松苗くんが声を上げる。

「あ、じゃあ安心」

「何でだよ」

「松苗くんは普通の家庭の子だからね、風邪引きの時用の普通のものが作れるでしょ。お前、何か微妙なんだもん」

「…せいぜいお友達として気に入られるようにしてこい」

「気に入られてるから、渋々つきあってやってるんだよ」

お土産を持って、『友達』のところへ行く。

途中のコンビニで水分を買って、キョロキョロしなくてもたどり着く立川の部屋。

チャイムを鳴らすと、相手も確認せずドアが開く。

「や……、悪い…」

掠れた声。

「ホントに風邪だったんだ」

「嘘とかつかねぇよ」

赤い顔。

熱に浮かされた姿がセクシーとか思ってしまう。

「うちのシェフ達からお見舞いもらったよ。食事した？」

「まだ」

部屋へ押し戻すために触れた身体は、シャツを通しても熱い。熱があるからというより、布団に籠《こ》もっていたせいだろう。

「あんたの手料理が食いたかったな」

「贅沢《ぜいたく》。シェフの手作り前にして」

「シェフはみんな手作りだろ」

「ほら、早くベッドへ入る」

いつもよりおとなしい立川にそそられる。疲れてる男には色気がある、なんて思うのは自分がホンモノだからだろう。

パイプのベッドを軋《きし》ませて横たわる、弱った立川。

「パイプベッドって風邪引き易いんだよね。下がスカスカだから。いらない物があったらベッドの下に押し込んでおくと保温が違うよ」

まるで彼氏の部屋を訪れた彼女みたいに、いそいそと働く自分。

「薬、食後だから、食欲なくても何か胃に入れようね。スープは松苗くんが作ったんだよ。あの小っちゃい方の子」

キッチンへ行き、少ない食器の中から深めの皿を出してポットのスープを移す。九曜が持たせてくれたのは、スペイン風オムレツだったので、それも切って皿に載せる。

「はい、身体起こして」

「飲ませてくれよ」

枕元へ運んで、スプーンを差し出すと、立川は口を開けた。

「…子供」

「今日ぐらいいいだろ」

「…口開けて」

大きく開けた口に、銀色のスプーンが消える。

上手くできなくて唇の端に零れたスープを、舌が舐め取る。

友達じゃない。

その舌に欲情してしまうなんて、友情じゃない。

「ん、美味い。渡されただけだから」

「知らない。ポタージュ？」

「それ置いたら、帰っていいよ」

らしくない拒絶に、その気持ちを見透かされたのかと思った。

「どうして？　病気なんだから、少しは優しくしてあげるよ？」

でもそうじゃなかった。

「あんた明日も仕事だろ？　感染《うつ》したら悪い」

優しい。

「薬飲んだの見たら帰るよ」

彼を好きになる理由ばかりができて困る。

「遅くに呼び出して悪かったな。女だと一人で帰すのが心配だが、あんたなら大丈夫かと思って」

でも小さな棘《とげ》が胸を刺す。

女を、呼んだことがあるんだ。呼べる女がいるんだというセリフに。

当然か、彼は元々女性を相手にしていた人間なのだから。

「そうだよ、男なんだから体力もあるし、心配はいらないよ。立川はちゃんと食べてちゃんと薬飲んで寝る」

関係ないというようにもう一口食べさせようとスプーンを持つと、彼は俺の手からスプーンを奪った。

「食うよ」

美味いと言ったスープを、味わいもせず一気に流し込む。

「オムレツもあるよ？」

「それはいい。薬くれ」

コートのポケットから出した薬と、コンビニで買ったミネラルウォーターを、キャップを開けて渡す。

乱暴に受け取ると、彼は薬をポイッと口にほうり込んで水をボトルの半分ほど飲んだ。

「これで安心だろ？」

そんなに俺を帰したいのか。

優しさだとわかっていも、拒絶された気分になる。そしてそんなことで傷つく自分の弱さが嫌だ。

友人だと、友情だと言い聞かせているはずなのに。

…いや、『言い聞かせ』なければならないのは、事実がそうではないからだ。

「残念だな。弱ってるとこをもっと見てたかったのに」

「さっさと帰れ。カギ締めなくていい。後でトイレに行った時にでも締めるから」

「はい、はい。じゃ、ゆっくり休めよ」

コートも脱いでいなかったな。

勢い込んで来たのが恥ずかしいぐらいだ。

立ち上がった俺を、ベッドの中から見上げる顔。

「宮崎」

「何？」

「…ありがとう。来てくれると思わなかった」

立川は酷い。

諦めようとするたびに、振り向かせる。そのくせ愛の言葉を囁いてくれるわけでもない。

一緒にいることを楽しいと思わせて、俺を見つめるくせに、近づけてはくれない。物足りなさから、こちらが折れてしまいそうだ、風邪を感染してやりたいぐらい言ってくれればいいのにと。

「病人には優しいんだよ」

でも俺は絶対に、折れないだろう。

「あんまり酷いようだったら、マスターに電話するんだね。叔父さんなんだから駆けつけてくれるよ」

彼が、同性愛者ではないから。

「仕事中だ。あんたは終わってると思ったからメールしたんだ」

彼の全てを知ってるわけでもないし、彼が自分を求めているわけでもないから。

「マスターは君の叔父さんだろう？　店を閉めても飛んで来るさ」

「そういう迷惑はかけたくないんだ」

「じゃ、自分で救急車でも呼ぶんだね。もっとも、そんなに酷くはなさそうだけど。それじゃ、お休み」

微笑んで、俺は背を向けた。

短い滞在を名残惜《なごりお》しんでも、ここに居座る理由を見つけられなくて。理由がないのに居座ることで、何かが変わることが怖くて。

俺は、臆病《おくびょう》な人間だ。

「送らなくていいよ」

立川が立ち上がろうとしたわけでもないのに、そう言って俺は部屋を後にした。

「…呼ぶんじゃなかったな」

聞こえてきたそんな呟《つぶや》きをドアの向こうに押し込んで。

冷たい夜風の中、一人、自分のマンションへ向かった。


自分の性癖を家族に話してから、少しは気が軽くなった。

自由を手に入れたと思った。

好きなことをして、一生一人でもやっていけるようになろうと決めた。

けれど、全てから自由になれる人間なんてこの世にはいない。俺もまた、逃れられないものを持っていた。

それが九曜の心配だ。

九曜…。

今、九曜と言えば弟の数馬《かずま》のことだけれど、昔は俺にとっての九曜は兄の忍の方のことだった。

店で再会した時、オーナーが数馬を『九曜くん』と呼んでいたことに準じて、俺も数馬を九曜と呼ぶようになったのだ。

学生時代、忍の家に行くと、九曜はいつもふて腐れたような顔をして、すぐに家を出て行っていた。でも、忍より当たりの柔らかい俺とは、言葉を交わしてくれた。

大型犬に懐かれてるみたいで、それは心地よい反応だった。

俺は弟がいなかったので、忍に弟がいていいなぁというようなことを何度も言っていたと思う。

そのたび彼は、迷惑ばかりをかけるだの、もう少し真面目になってほしいだのと愚痴を零していた。

それは兄としての心配なのだと思っていたが、今はわかる。彼は『あいつには自分の弟に相応《ふさわ》しくなって欲しい』と言っていたのだと。

忍は、ある意味完璧《かんぺき》だった。

親の期待をプレッシャーではなく喜びと感じ、自分の中にある理想と正義だけが真実だと疑っていなかった。

あの頃、俺は自分の性癖をまるで悪いことのように感じていて、正義を胸に抱く彼に認められることが、自分を肯定してくれるものなのだと思い違いをしていた。

真実なんてありはしない。人は一つの型にはまるものではない。世の中は白と黒だけではなく灰色だって存在するのに。それがわからなかった。

見目がよく、成績も優秀で、男女共に受けのよかった俺は、忍にとって『正しい人間』と認められたのだろう。俺から近づいた友情は、あっさりと成立し、俺はいつも彼と一緒だった。

大学に入って、友人達とゲイバーに行き、自分もこんなふうにあけすけに自分のことを話せるようになりたいと思ってから、そっちで友人を作り、足繁《あししげ》く通うようになりはしたが、やはり恋人を作るところまではいかなかった。

まだ、自分のいる世界から足を踏み出すことが怖かったので。

それが終わったのは、あの日だ。

忍に急に呼び出され、彼の家へ向かうと、いつもと変わらずにこにことした彼が突然訊いてきたのだ。

「お前が繁華街で男とキスしてたのを見たというヤツがいるんだが、冗談《じょうだん》だろう？」

それは間違いだった。

当時はまだキスするような相手とは巡り合っていなかったから。ただ酒の出る店に通っていたので、酔っ払ってハメをはずことはあったかもしれない。

誤解だ、と言うのは簡単だった。

きっと嘘をついても、忍はそれを信じただろう。

自分の信じるものしか見ない男だったから。

でもあの時の俺は、友情を信じていた。

いつかはバレるかもしれない。自分の中に抱えているものは、そう遠くないうちに溢れ出るだろう。

だとしたら、それを一番に知らせるのは一番の友人がいい。

それでももし、忍が認めてくれたら、俺は楽になれる。

だから言ってしまったのだ。

「…黙ってたけど、実は俺、…同性愛者なんだ」

夢を見ていた、あの頃も。

今まで悩みを打ち明けた時にそうであったように、この時にも『どうしてもっと早く言ってくれなかったんだ』とか『一人で悩んでて苦しかったろう』という温かい言葉が聞けるものだと期待していた。

だが現実はそんなに甘くなかった。

端正で落ち着いた忍の笑顔が、まるで粘土細工《ねんどざいく》をひしゃげさせたように歪《ゆが》み、笑みを浮かべていた目は怒りに燃えた。

「何だって？」

今も、克明《こくめい》に思い出せる。

広い忍の部屋。

寝室は別にあったのでベッドはなく、代わりに置かれていたソファセット。そこに向かい合って座っていた自分達。

季節は春だった。

「お前は今まで俺を騙《だま》してたのか！」

空気を震わせるような怒声《どせい》。

「忍」

その怒りを抑えようと伸ばした手が振り払われる。

「触るな！　汚らわしい」

汚らわしい、というその一言が、俺の動きを止めた。

「今まで、俺をそんな目で見てたのか？　友達面して下世話なことを考えていたのか？」

違う、と言いたくても声も出なかった。

「俺の信頼を裏切って、夜は遊び歩いてたわけだ。どこの誰ともわからない男と遊び歩いてたヤツに触られたくない」

頭の中で、反論が渦をなす。

俺は汚らわしくなんかない。

忍には友情しか感じていない。

誰とでも遊び歩いていたわけでもない。

「お前は人生の落伍者《らくごしゃ》だ」

違う。

俺は何からも落伍などしていない。自分の人生をちゃんとまっとうに生きている。

「女にでもなりたかったか？　親は知ってるのか？　俺はお前を友人と信じてたんだ。なのに…、酷い裏切りだ。お前ごときに費やした時間がもったいない」

「しの…」

「二度と俺の名を呼ぶな、気持ちの悪い」

何とか振り絞って出した声も拒絶され、俺は泣くことすらできなかった。頭の中が真っ白になって、『どうして』という言葉だけがぐるぐる回る。

今まで、高校の時も、大学に入ってからも、上手くやっていたのに。親友だと言ってくれていたのに。その全てを否定するのか。

俺と共にいた時間を、俺の全てを。

「いい加減にしろよ」

その時、飛び込んで来たのが九曜だった。

「お前…、聞いてたのか？」

弟の出現に、忍は動揺した。

「あんだけデカイ声出せば聞こえるに決まってんだろ」

「誰にも言うな！」

その狼狽《ろうばい》の意味を、彼の一言で理解した。忍は、俺のような人間と友人でいたことを恥《はじ》だと思っているのだと。

それが想像ではなく事実であることは、続く彼の言葉が証明した。

「こんなヤツは友人でも何でもない。もう二度とこの家の敷居《しきい》は跨がせない。お前も、こんなヤツのことは忘れろ」

「こんなヤツ？　兄貴の友人だろ」

「友人なんかじゃない！　こいつはずっと俺を騙し続けていたんだ！」

「男を好きなことがそんなに許せねぇのかよ！　それぐらい、何でもないだろ！」

「何でもないだと？　人としての摂理《せつり》に反してることがか？　それを隠して俺に近づいたんだぞ！　最悪だ！」

「…やめろ！」

二人の口論を、人形のように動かず見ていた俺の前で、九曜は拳《こぶし》を上げた。

止める間もなく、それは忍の顔面を捕らえ、忍は吹き飛ばされた。

「たかが男が恋愛対象だってだけで、どうしてそこまで言われなきゃならない！　あんた頭がおかしいんだ！」

「何故こいつを庇《かば》う。お前…まさか…」

もう一度、九曜は拳をふるった。

その時になってやっと、俺は事態を把握《はあく》し、忍を庇うように九曜の前に出た。

「やめろ！　数馬！」

「退けよ、そいつがあんたをどんなふうに罵ったか聞いただろ！」

「いいんだ。これは俺と忍の問題だから…」

「…な」

自分の中では、まだ忍は大切な友人だった。

だからたとえ九曜に殴られてでもいいから、庇いたかった。

「…触るな…」

けれど、忍はそれすらも拒絶した。

血が、吹き出す。

友人の言葉が俺をメッタ切りにして、涙の代わりに血を流させる。そんなにか、と叫び出したかった。

その後は、騒ぎを聞き付けたお手伝いの人が飛んで来て、すぐに救急車を呼び、忍を運び出した。

残った九曜に、巻き込んで済まないと泣きながら謝ると、彼はポツリと呟いた。

「巻き込んだのはこっちだったかもしれない。…俺も、同じなんだ」

「数馬？」

「…俺も、男が好きなんだ。宮崎さんを好きなわけじゃないけど」

驚いた。

こんな近くに同じ悩みを持つ者がいたなんて。

「それを、絶対に忍に言うな。いいな、お前は俺が可哀想だから庇っただけだって言うんだぞ」

「そいつは俺と兄貴の問題だ」

「数馬！」

「今日は帰れよ。親父が帰ってくると面倒だ」

押し出すように部屋を出され、家人のいなくなった他人の家に留まることはできず、俺は彼の言う通りにするしかなかった。

後で人づてに、忍は兄弟ゲンカで顎の骨が砕《くだ》けてしばらく入院するのだと聞いた時、一度だけ見舞いに行ったが、彼が友人の顔に戻ることはなかった。

持って行った花を投げ付けられ、二度と姿を見せるなと言われただけだった。そしてその言葉通り、俺と忍の関係はそこで完全に断たれた。

今はもういい。

自分を理解してくれる人もいるし、友人もいる。

自分の性癖を隠すことなく会話できる場所もある。

おかしいのは忍の方で、彼が潔癖で、頭の硬い人間だったのだと、彼もまた幼かったのだと思うことができる。

けれど、初めての告白の結果は俺を恐れさせた。

どんなに親しくしても、どんなに近づいても、同性愛者ではない人間は、豹変することがある。それまでにこやかにしていても、鬼のような形相で攻撃してくることもある。

深く心につけられた傷痕《きずあと》は、『ノンケの人間には心を許せない』という教訓を与えてしまった。

どんなに理解があるような顔をしても、自分からカミングアウトすることはできなくなってしまった。

心の、柔らかい場所から怯えが消えない。

だから、立川に近づくことが怖いのだ。

どんなに彼が自分に好意を向けてくれているとわかっていても、それを確信しても、自分から折れて『好き』と言うことはできない。

楽しい時間が長くなれば長くなるほど、その時間を壊すことになるかもしれないと怯えてしまうのだ。

立川の方から、同性愛者になったようだと言ってくれるまで、俺と恋愛をしたくなったと言ってくれるまで、次の一歩は踏み出せない。

九曜はあの時の忍と俺とのやりとりを聞いていたから、その後あれだけ黙っていろと言ったのに忍に全てを話して、結果九曜の家を出ることになったから、俺がまた何も知らない人間と親しくして、傷つけられることを心配してくれてるのだろう。

俺が立川を信じて、彼と一緒にいることが楽しいという素振《そぶ》りを見せると、『そいつは大丈夫か？　兄貴と同じにならないか？』と気遣ってくれるのだ。

本当に、彼が弟だったらよかったのに。

「大丈夫、俺はわかってる。同じ失敗はしない」

傷つくのが怖いから、ちゃんと弁《わきま》える。

割れる氷の上は進まない。

立川は友人だ。

そして友人である限り、たとえ彼に恋をしても、自分からは告白はしない。

彼が自分から離れようとしたら、黙って見送る。

たとえそれが涙を伴う別れになっても、彼に傷つけられるよりマシだ。

彼を好きになってしまっても、その想いが届かないとわかれば、笑って身を引くつもりだった。

それが一番いいことだとわかっていたから。

それが一番、傷つかない方法だとわかっていたから。

その夜から三日間、立川は店に姿を現さなかった。

メールもなかった。

彼が現れたのは四日目のことだ。

それまでと同じように、ランチタイムが終わる頃ふらりとやってきて、いつものカウンターに座った。

でも彼が一番に声をかけたのは九曜にだった。

「この間はありがとうございました」

と言って、スープを入れていったポットを彼に渡した。

「風邪ひいたんだって？」

「ああ。他人に感染すと困るから外へ出るなって言われて」

「誰に？」

「叔父だよ。まあ、世話になってるから言うこと聞くしかなくて。でももう大丈夫だから、上手いもん食わせてくれ」

「そうか、宮崎」

立川を見ている俺に気づいて、九曜が俺を呼んだ。

「メニュー、説明してやれ」

　俺の言葉を信じたのか、苦々《にがにが》しく思っても立川は自分の兄貴と違うと思ったのか、彼を俺に任せてくれた。

「いらっしゃいませ。お身体大丈夫ですか？」

「ああ。感染んなかったか？」

「身体は丈夫ですから。本日はこちらのお料理は終わってしまいまして、フォアグラとつくねのテリヤキソース、温泉卵とディルを添えて、のみになります」

「フォアグラって高いんだろ？」

「当店は良心価格ですからご安心を」

　メニューを示す俺の手を、彼は他の人に気づかれないように、一瞬だけ強く握った。

「感染んなくてよかった」

　心が、掴まれたように苦しかった。

「帰れって言ったクセに」

「弱ってるとこが見たいとか言うからだ。…カッコ悪いだろうが」

　彼は、俺の気持ちを知らない。

　知っていれば不用意にこんなセリフを口にしたりしないだろう。こんな、心を揺らすようなセリフは。

「お礼にまた海連れてってやるから、次はあんたの手料理食わせてくれよ」

「高くつくよ」

喜びが伝わらないように、立川から離れる。

「いいぜ。じゃ、約束だぞ」

「お料理、こちらでよろしいですか？」

「ああ」

俺が離れると、立川は九曜に話しかけていた。

「ディルってのがハーブなんだろ？」

「よくスモークサーモンなんかと一緒に出る葉っぱだ」

「ああ、あれか」

身を乗り出し、背中を丸めた大きな身体。

精悍《せいかん》な横顔と大きな口。

軽く組んだ長い指、大きな手。

少しくぐもったような、低音の声。

近づいてはダメだと思うのに、惹《ひ》かれている。

「彼、来てよかったですね」

何も知らない青木が、微笑みかける。

「風邪だもの、すぐ治るでしょ。あれだけいいガタイしてるんだから」

「心配してたでしょう？」

「別に」

「またそんなこと言って。立川さんが通ってる時は、宮崎さん上機嫌だったのに、彼が来なくなってからは戸口を気にしてたくせに」

青木は九曜より察しがいい。嘘をついても突っ込まれるだけなので、もう少し正直な気持ちを口にした。

「でも彼、ノンケだから」

青木は顔を曇らせた。

「宮崎さん、ノンケ苦手ですよね」

「恋愛でじゃないけど、昔、嫌な思いしたからね」

「…ああ、わかります」

若いうちにゲイを自覚すると、多かれ少なかれ嫌な目にはあうものだ。満面の笑みで迎えられ、そうだったのかと受け入れてもらえる者は少ないだろう。

「でも、彼は大丈夫じゃないですか？」

「それ、青木くん見立て？」

「ええ。彼、宮崎さんのこと好きだと思いますよ」

「そそのかすなぁ」

「苦手意識を持っちゃうと、チャンスを逃すかもしれませんよ」

「チャンスねぇ…」

「お客様も少ないですしもう休憩時間ですから、一緒に出てってお茶でも飲んできたらどうです？」

「いいの？」

「俺の時にもお願いしますよ」

そんな話をしていると、客の一人が立ち上がり、青木はレジに向かった。

ほぼ同時に、ドアが開いて新しい客が入って来る。客は、常連の石戸《いしど》さんだった。

「いらっしゃいませ。珍しいですね、こんなお時間に」

俺が向かえに出ると、石戸さんはテーブル席へ腰を下ろした。

「こっちへ出て来る用事があったんでね。まだいいかな？　ランチある？」

「石戸様でしたらいいですよ。本日はフォアグラとつくねのテリヤキソース、温泉卵とディルを添えて、ですがよろしいですか？」

「ああ、いいね。それにしよう」

石戸さんは俺の手を軽く握った。

このハンサムな常連さんは、そちらの人で、俺達が同じだということも知っている。

「宮崎くん、綺麗になったね」

そして口も上手く、こなれた人だ。

「またそんなことを」

「本当さ。今度飲みに行こうよ」

「それ青木にも言ってるでしょう」

「あまりいい返事はもらえないけどね」

「石戸さん、軽いからですよ。誰でもいいんだから」

「相手は選んでるさ」

「はい、はい。選ばれて光栄って思っておきます」

彼が俺達を口説くのは挨拶みたいなもので、本気の誘いではないとわかっているから軽くいなしてカウンターにオーダーを通しに行く。

「ランチ一つ」

それから、青木を呼んで彼に水とおしぼりを運ぶように頼んだ。

青木が、俺が立川を気に掛けてるとわかったように、俺は石戸さんの本命は青木じゃないかな、と察していたので。

「お言葉に甘えて、立川と出るから、後よろしく」

青木と石戸さんを取り持つために席を外す。それが的外れであったとしても、そういう理由があるとこちらが動き易い。

立川に近づき、そっと声をかけてみた。

「この後休憩だから、お茶でもする？」

立川は少しムッとした顔をしていたが、「行こう」と答えた。

「上着取ってくるよ」

一旦スタッフルームへ入り、ベストを脱いでジャケットを羽織って戻る。

待っていたように彼も立ち上がるから、会計だけして一緒に店を出た。

「美味しくなかった？」

並んで駅に向かって歩きながら声をかける。

「美味かった」

「でも不機嫌な顔してるよ？」

「あの男…」

「男？」

「さっき入ってきた男、あんたのこと口説いてただろう」

「石戸さん？　あの人のは挨拶みたいなもんだよ」

「ああいうの、よくあるのか？」

「まあ時々」

あの店も、そういう人の集まる場所だから、とは言えない。

「女も来る店なのに、ゲイのヤツは節操《せっそう》がねぇな」

攻撃的なその言葉に、傷つくと同時にムッとする。

「男だって、可愛い女の子がいたらすぐ声かけるでしょう。そういう失礼な発言、やめてくれる？」

こちらが怒ったと察したのだろう。彼は俺を見て、口を歪めた。

「そういう問題じゃねぇよ。鈍いな」

「何が？」

だが彼はどう違うのかの説明はくれなかった。

「…悪かったよ」

代わって、謝罪は口にしたけれど。

「あんたさ、恋人いない歴ってどのくらい？」

「個人情報」

「それぐらいいいだろ」

「そっちが教えたら教えてあげるよ」

「二年ぐらいだ」

「ずいぶん長いね」

ああそうか。大学卒業の時に別れたのか。

「俺は一年ぐらい。最後の人は恋人ってほどじゃなかったけどね」

「今は俺だけだろ？」

「忙しいからね。立川の世話で精一杯だよ」

「世話とか言うな。茶を飲むんなら、俺のアパート来いよ」

「いいけど、インスタントコーヒーは嫌だな」

「今時はインスタントだって美味いぜ。でも嫌ならコンビニで買ってけばいい」

向かう先を変更して、途中にあるコンビニに立ち寄ってコーヒーを買い、彼のアパートへ向かう。

相変わらず何もないタバコ臭い部屋には、前よりダンボールが増えていた。

小さいものばかりだが、箱に英字がプリントされてるところを見ると海外から届いた宅配便のようだ。通販の趣味があるのは意外だった。

「汚れてきたね」

「ここは寝るだけの部屋だからいいんだ」

「それにしたって、もう少し片付けなよ」

「片付けてくれるのか？」

「本人のためにならないからしないよ、自分でやりな」

「チェッ」

部屋に入ってコーヒーの紙コップをテーブルの上に置き、コートを脱ぐと、立川は背後から抱き着いてきた。

「宮崎、鈍いな」

「後ろからいきなり抱き着いて来るとは思わないだろ」

店でタバコを吸ってる姿は見なかったのに、密着した身体から微かにタバコの匂いがする。もう染み付くほど吸ってるんだ。見れば、テーブルのパソコンの横には吸い殻《がら》が山盛りになった灰皿が置かれていた。

「タバコは身体に…」

「さっきのは嫉妬だって気づけよ」

背後から耳を軽く食《は》まれ、囁かれる。

「さっきの…って」

ゾクッ、と背筋に痺《しび》れが走った。

「悪口を言ったんじゃない。あの男がお前の手を握ってるのが見えたから、ヤキモチ妬《や》いたんだ」

「またそんな…」

「付き合ってるんだから当然だろ。あのもう一人ギャルソンとも仲良くしてるし」

「青木？　友人だよ」

「俺達だって、『友人』って言うだろ」

小さな棘がまた刺さる。

「宮崎」

キスを求めてくる彼に応えて唇を重ねながら、彼にとって自分は恋人ではないのだと痛感する。

「抜いてかないか？」

「何言ってるんだよ。俺はまた店に戻るんだよ」

「ヤキモチ妬いたらその気になった。抜くだけなら時間もかからないだろ？」

「制服でそんなことしないよ。でも…」

友人以上になりたいという気持ちが、俺を動かす。

「……口でしてあげてもいいよ」

「本当に？　じゃ、してくれ」

腕が離れ、立川はベッドに座った。

「待ってて」

俺はキッチンに行き、そこにあるハンドタオルをお湯で濡らし、それを持って戻った。

「前、開けて」

ためらうことなくズボンの前を開けた彼は、下着も引き下げ、自分のモノを引っ張り出した。持っていたタオルでそれを丁寧に根元から拭う。

彼にとって、俺としていることに意味はない。わかっているのに口でしてやるなんて言ったのは、せめてもの意趣返《いしゅがえ》しだった。

友人とこんなことはしないだろう？　俺とお前はただの友人じゃないだろう？　という無言のアピールのためだ。

だらりとした彼のモノは、手を触れるだけで少し頭をもたげた。

肉塊《にくかい》を両手で支え、先端の鈴口に舌を伸ばす。

彼の気持ちの昂揚《こうよう》を体現するかのように膨張《ぼうちょう》してゆくモノは、皮が捲《まく》れ上がり先が膨らむ。

その先を、カリの部分まで口に含んだ。

吸い上げて、舌を絡ませ、軽く歯を当てる。

わざと音がするように浅く舐る。

「う…」

立川の手が伸びて、俺の髪に触れた。

それが愛撫であるかのように、髪に指を差し込んでかき回し、耳をいじる。

そんなことをされなくても、舐めているだけで、身体が疼《うず》いた。

彼が欲しい。

本当は、してやるのではなく自分がして欲しいと思っている。

好きだと言ってくれればいいのに。

愛してると言ってくれればいいのに。

強引に出られたら嫌だな、困るなと思っていた最初の夜とは大きな違いだ。短い間に、自分の気持ちはずいぶんと変わってしまった。

こちらから詰めることのできない距離を、彼の方から詰めて欲しいと願っている。

口の中で形を変える立川を感じながら、これは友達とすることではないだろう、と問いかける。

お前はただの友人にペニスを咥えさせないだろう。舐められて勃起させたりしないだろう。友人に欲情することはないだろう。口ですることは男でも女でも大差はないだろうけれど、誰でもいいわけじゃないだろう?

問いかけを声には出さない。だから彼からの答えはない。

でも、彼が反応し、硬くしてゆくことが、答えのように思えた。

俺でいい、俺がいい。ただの友人ではなく性欲の対象として自分を求めてると言っているように。

「宮崎、もういい」

顎が疲れてきた頃、彼が俺の肩を揺らした。

「出る」

「口で受けるからいいよ」

「宮崎」

もう一度含み直し、根元に指で刺激を与えながら吸い上げる。

「宮崎…」

グッ、と喉の奥に押し付けられる肉塊。

生臭い液体が口に中に溢れる。

えずきそうになるのを我慢して、残滓《ざんし》の一滴まで彼からすすり上げた。飲むことはできず、立川が萎えるのを待ってから立ち上がってキッチンで口の中のものを吐き出した。

とろっとした白濁《はくだく》の液体。

心の中で、俺は自嘲《わら》った。

自分は何をしてるのか、と。

くだらない自己満足のためにした行為だ。こんなこと、商売の相手にだってすることだろう。それを友情を超えてくれた証しにしようだなんて。

「宮崎、大丈夫か？」

水で口をすすいでいる俺に服を整えた立川が近づき、そっと抱き締めてくれた。

「すまん」

「何を謝るの？」

「わがままを言った」

「別に、俺がやるって言ったんだから、気にしなくていいよ」

「射精《だ》せばいいってことじゃない。お前を抱きたかったんだ。なのに、俺だけすっきりさせて終わった。身勝手さに後悔してる」

震える。

「お前仕事戻るって言ったのに」

彼の表情は見えなかった。

でも彼の温もりは感じた。

密着した立川に、自分の震えが伝わらないように祈った。

「好きなヤツに、休憩時間に自分だけ抜いてもらうって超ダセー」

さらりと流れてゆく『好き』の言葉に、涙が出そうになる。それに大した意味などないとわかっているのに。少なくとも、彼が自分を嫌っているということはないのだ、という消極的な喜びにうち震える。

「だからごめん」

彼の、俺のことを気遣ってくれる発言が嬉しい。

「い…いいよ。そんなに謝られると、してやるって言った俺の方が恥ずかしい」

「さっきの独占欲といい、俺、ガキ扱いされてもしょうがねぇな」

「だからもういいって」

「この時間、ホントは昼飯なんだろ？　簡単でよかったら俺が作るから座ってろよ。……って言ってもインスタントラーメンだけど。食う間ぐらい一緒にいようぜ。何にもしないって約束するから」

「猛省《もうせい》してるね」

「するさ」

腕が離れ、頬に軽くキスされる。

「行ってろ」

トン、と背中を押され、俺はベッドのある部屋へ戻った。

キッチンで、立川が俺のために料理を始める音がする。

「……好きなヤツだって」

鼻の奥がツン、と痛んだ。

立川が、好きなのだ。

こんなことで喜んでしまうほど、立川が好きになってしまったのだ。

一番苦手なノンケの男を。いや、彼が同性愛者ではないから、そんな彼が自分を受け入れる発言をしてくれるから、惹かれてゆくのが止められなかった。

セックスだけじゃなく、遊びに行ったり、普通の友人としての楽しみを一緒に味わってくれるから、心の中の傷が癒される。

彼は、忍と違う。

立川は、俺の全部を知っていて、こうして接してくれている。自分の見たい姿だけを見て、自分の決めた立場を与えているのじゃない。

彼にとってこれが恋じゃなくても、自分にとってはもう恋なのだ。

冷めてしまったコンビニのコーヒーに手を伸ばし、コクリと一口流し込む。

砂糖もミルクも入れていないコーヒーは、苦かった。片想いの恋愛は、甘いものにはならないということを暗示するように。

「一応スパムも載せたんだが、嫌いじゃねぇよな?」

「ありがとう」

それでも、もう逃げることはできなかった。

彼が好きだったから。

覚悟を決めた、というのも変かもしれないが、恋愛を自覚してから、俺は腹を括《くく》った。好きなものを嫌いとは言えない。だとしたら一緒にいる時間を楽しむ方が、少しでも彼に好きになってもらう努力をする方がいい。

物事は、ポジティヴに考えた方がいい。

「小谷、青木、これコンサートのチケットなんだけど、いる？」

仕事終わりのスタッフルーム。

着替えをしながら他の連中に声を掛ける。

「どうしたんです？」

「立川にもらった。友達がこういうの扱ってるんだって」

「立川って、あのランチの人？」

「そう」

彼と付き合っていることを否定するのもやめた。恋人とは言わないけれど、親しくしていることは認めた。

「何か色々もらったんだけど、全部は行けなくてさ。この中から好きなの持ってってっていいよ。あ、ピアノリサイタルはオーナーが欲しいって言ってたから二枚ずつ残して」

茶封筒に入ったチケットの束を、テーブルの上に置く。まるで札束のようなその厚みに二人は驚きの声を上げた。

「うわ、凄い」

「売れそうですね」

「売らない約束で回してもらってるんだって。日にちが近いのばっかりだから、行くなら
お友達にあげてもいいよ」

「宮崎さんは？」

「俺はもう自分の行きたいの抜いてるから」

「ひょっとして、この後もデートですか？」

青木がからかうように言っても、構えることなく笑って流せる。

「立川は夜は仕事だよ。会うのは昼間と休みの時だけだね」

「恋人…、なんですか？」

小谷が控えめに訊いてくる核心を突く質問も気にしない。

「っていうわけじゃないね。まあ、付き合って楽しい相手だよ。この間の休みには箱根《はこね》行
ってさ。箱根なんて久々だったから楽しかった」

「へえ…」

「今度九曜に連れてってもらったら？　あいつもバイク持ってるんだし」

「持ってるんですか？」

「乗ってるとこ見たことない？」

「はい」

「冬場は寒いからオススメしないけど、暖かくなったら乗せてって言ってみれば？」

「で、そのオススメしない冬場に、バイクで箱根行ったんですね？」

青木が突っ込んでくるのも笑顔で受ける。

「何か十代に戻った気分だった。バカっぽくて楽しかったよ」

「青春を謳歌《おうか》してるってことですね」

「青木も青春してみれば？」

俺の言葉に、彼は肩を竦めた。

「それじゃ、お先」

迷いを抜けたら、もう戸惑うこともなかった。

着替えを済ませ、店を出る。

家路を辿りながらメールを打つ。

相手はもちろん立川だ。昼間、ランチを食べに来て会っているのだが、『今仕事終わって帰る』というだけの短い文面を送信するのが楽しい。

立場は変わらない。恋人ではなく友人よりは少し上だろう、という。それでも、受け入れてもらったという安心感を手にしたからささいなことが喜びに繋がる。

白い息を吐きながらマンションにたどり着いたところで、彼の返信が届く。

『今度の日曜、ご飯作ってくれませんか？』

相変わらず硬い文章だ。

「料理か…、前から言われてたっけ」

画面を見ながら鍵を開け、部屋の中に入る。

冷たい空気が澱む部屋に明かりを点け、エアコンのスイッチを入れる。

『いいよ。部屋片付けたら作りに行ってあげる』と返してコートを脱ぐ。

キッチンでお湯を沸かしている間にまた返事がきて『片付けますので、よろしくお願いいたします』とあった。

恋愛を自覚するので、なるべく立川に近づかないように注意していた。

近づいて、ハマってしまったらマズイだろうと思って、彼のことは知らないようにしていたのだが、覚悟を決めてからは色々尋ねてみることもあった。

この、硬い文面のメールについてもらしくないけどどうしてと訊いてみたところ、ある程度の文面がすでに登録されてるらしい。

仕事で使う時に失礼がないように『あ』と入れれば『ありがとうございます』『お』と入れれば『お願いいたします』など、敬語やそれに準ずる言葉で文章が作れるようにカスタマイズしたのだ。

そして俺がちゃんとした言葉を使えと言ったので、メールはそれを使って打ってくるらしい。

「律義《りちぎ》なのか、面倒臭がりなのか」

それでも、俺の言葉を覚えていることは嬉しく、こうして返信されることも嬉しい。

部屋を片付けるという文に『じゃ、行きます』とだけ返信すると、淹れたばかりのコーヒーを持ってスマホのフォトファイルを呼び出した。

この間、箱根に行った時に撮った写真だ。

彼から一緒に撮ろうと言われて撮ったのもあるが、お気に入りは隠し撮りした立川の横顔だった。

ヘルメットを外して、停めたバイクに寄りかかりタバコを咥えている横顔。

メットのせいでぴったりと後ろに撫でつけられていた前髪が、風で乱されて、かっこいいと思ってそっと撮ったものだった。

待ち受けにしたいくらい、我ながらよく撮れたと思う。もちろん、しないけど。

「五つも年下に見えないところがサギだよな」

充電器の上にフォトフレームのように立て掛け、その横顔を見つめる。

初めて会った時は、男臭いけど何かもっさりとした男だと思った。でも恋の欲目《よくめ》というやつか、今ではそのもっさりとした感じが渋いと思ってしまう。

「後ろ髪が長いから、もさっとして見えるんだよ」

まるでそこに立川がいるかのように、俺は写真に向かって話しかけた。

「でもまあ似合ってるけどさ」

本人の前では言えないことを、口にする。

「最近はガキ扱いしなくてもいいと思うせいか、ガキ扱いできなくなってきた」

こんなことすら楽しい。

「それってヤバイでしょう。『いい男』にしか見えなくなってきてるってことなんだから。このままじゃ、いつかこっちから好きって言っちゃうかも」

中学の時に自分の恋愛対象を自覚してしまったから、女の子との甘酸っぱい恋愛は経験してこなかった。もちろん、カミングアウトもしてないので、男の子ともそういう経験はない。

この世界へ入ってから恋愛はしたが、割りとダイレクトにセックスを前提としてのおつきあいばかりだったから、照れ臭いようなもどかしいような感覚は初めてと言ってもいいだろう。

「日曜日は、何作ってやろうかな。お前、魚より肉のが好きだよね。で、トマトソースより、テリヤキとかデミグラとか、味のはっきりしたものの方が好きなんだよね」

彼がランチを摂ってる姿も、最近は観察していた。豪快《ごうかい》な食べっぷりは、最初から惚れぼれとして見ていた。

自炊歴は長いので、料理の腕には自信がある。九曜や松苗のように本格的なものは難しいが、家庭料理なら色々できる。

彼に食べさせるメニューを考える、というのも初めての気がした。今までは、外で会うだけの関係が多かったので。

決して関係が希薄《きはく》だったというわけではない。ただここにはずっと住むつもりだったので、過ぎてゆくとわかっている恋の記憶をここに刻みたくなかったのだ。別れた男とここであれをしたとかこれをしたとか、残ってしまうのが嫌だった。

だから未だに立川にもここの住所は教えていない。

「以前、マスターの実家は広島《ひろしま》だって言ってたから、お前も広島出身なのかな？　でも訛《なま》りがないよね」

中学まで野球をやっていたとか、高校からは趣味でウォールクライミングやってたとかは聞いたけれど、出身の大学とかも聞いていなかった。

「知らないことがあるってのも悪くないよね。これから先、話すことがいっぱいあるってことだから」

なんでアメリカに行ったのかとか、どうして無職なのかとか。…何か、立川だとあのバイクでアメリカ横断してたとか言いそうだけど。

兄弟はいるのか、誕生日はいつか、ずっと『歯車』で働くのか、部屋に家具を買い揃えないのかとか、話したいことは山ほどあった。

遠い先に目を瞑《つぶ》っていれば、シアワセを満喫できた。

「じゃ、まあ。日曜日の予行練習ってことで、メシでも作るかな」

正直、浮かれていた。

開き直ったことで得られる幸福と、彼が漏らした『大切』だの『好き』だのという言葉だけを取り出して。楽しいことだけ見て過ごそうとしていた。

今だけかもしれないとわかっていながら…。

豚肉のピカタで作る具たくさんの豚丼。

散々悩んだ挙《あ》げ句《く》、立川に食べさせる料理はそれに決めた。

凝った料理も考えはしたのだが、彼の食いっぷりから考えると、ガッツリ系の方が喜ぶんじゃないかな、と思って。

ただの豚丼にしなかったのは、せめてもの意地だ。

薄切りの豚肉に塩コショウで味付けして、パルメザンチーズを入れた溶き卵を衣にして焼いたものが普通のピカタだが、塩コショウの代わりに焼き肉のタレに浸けたピカタの上に、大きめにカットしたパプリカやタマネギなどの野菜を炒めて焼き肉のタレのあんかけにしたものを山盛りかける。

簡単なものだけれど、見た目はボリュームたっぷりだろう。

ただそれだけだと手抜きと思われるかもしれないと、前日に作った野菜のコンソメゼリー寄せも持って行くことにした。

これも簡単なんだけど、料理を知らない立川には、凝ったものに見えるだろう。

土曜日にランチを食べに来た立川は、帰りがけ、キラキラした目で俺を見ていた。

「明日、楽しみにしてる。腹空かせて待ってるから」

なんて言って。

「昼前に行くよ」

と言うと「部屋、片付けたからな」と笑って帰っていった。

どうせあいつの冷蔵庫は空っぽに決まっている、と思って、食材は全て、調味料も持参した。

もし喜んでくれたら、相手をしてもいいなと、服も下着も選んで着替えた。

ああ、本当に浮かれている。

こんな日が自分に来るなんて、まるで夢のようだとさえ思った。

そして実際、ただの夢だったのかもしれない。

駅で買い物したスーパーの袋を下げて向かった立川の部屋。

建物に近づいてゆくと、どこからか争う声が聞こえた。

「女…？」

おいおい、日曜の午前中の住宅街で、男女のケンカか？　と思いながら、立川のアパートの前に立つと、声はそこから響いていた。

構築されたタイルの階段の上、二階で喋っていたから遠くまで声が響いていたのだ。

しかもよく聞くと、女性が興奮しているからケンカのように聞こえていたが、言い争っているわけでもなかった。

二階…。

立川の部屋は、二階にあった。

俺は悪い予感がして、階段の途中で足を止め、会話に耳を澄ませた。

「そうかもしれないけど、連絡の一つぐらいくれてもよかったのに」

「バタバタしてたんだ」

女の不満に答えた声で、俺は胃が痛くなった。

思った通りだ。

男の方は、立川だった。

「戻ったらもう一度って約束したわよね？」

「言ったかもしれねえ。だが、大野《おおの》から、奈緒《なお》と付き合ってるってメールをもらった。それも仕方がないと思ったんだ」

「嘘よ！　大野くんなんかと付き合ってないわ。そりゃ遊びには行ったけど、朝也の時とは違うわ」

目眩がした。

一緒に昼食を摂ろうと、腹を空っぽにしていたせいか気持ちも悪い。

『奈緒』『朝也』と呼び合う二人が、どんな関係だったのかなんて、訊くまでもないだろう。

「あなたがアメリカへ行くって言うから、距離を置いただけよ。私は別れたなんて思ってなかった。あなただって、空港でそう言ったでしょう？　別れるわけじゃないって」

「あの時はそう言った」

「じゃ、どうして帰ってきたって言ってくれなかったの？」

「それは…」

「大野くんの嘘を信じたからね？」

立川は答えなかった。

「でもお願い、信じて。それは嘘よ。有香《ゆか》や今日子《きょうこ》達に訊いてもいいわ」

大野、有香、今日子…。俺の知らない名前。

想像するまでもないな。

そこにいる『奈緒』という女性は、立川の恋人だったのだ。

彼がアメリカに行く時に置いていったかつての恋人。いや、今も彼女はこうして立川を探して訪ねてくるくらい、彼に心を残しているのだ。

女性の嗚咽《おえつ》が、静かに流れてくる。

立川の声も止まった。

夢だ…。

わかっていたことだ。

彼は女性を相手にしてきた人間で、そのことは最初から口にしていた。

彼と俺とは、とても親しくはなったけれど、恋人ではなかった。好きだとは言ってもらったし、欲情もしてもらったけれど、恋人ではなかった。

俺は…、立川の恋人ではないのだ。

深いため息を一つついて、俺は笑顔を浮かべた。

立川は、俺を罵りはしなかった。彼はちゃんと俺を受け止めてくれた。それならば、彼の幸福を願うべきだ。

スーパーの袋を握り直し、階段を上る。

立川は部屋のドアを開けたまま、その前に立っていた。そして奈緒と呼ばれた女性は、それが当然であるかのように、立川の胸に顔を埋めていた。

…痛い。

「立川、何してるんだ」

胸が痛い。

「宮崎」

「こんなところで修羅場《しゅらば》って、ご近所に響いてたぞ。女の子に恥かかしちゃダメだろう。早く部屋に入れてやりなさい」

奈緒は、顔を上げてこちらを見た。

長いサラサラの髪に薄い化粧、黒いボア付きのロングのダウンコートに房飾りの付いたブーツ。

泣き腫《は》らした目でも、美人な娘だと思った。

「こいつは…」

「いいから、さっさと入る」

俺は二人を半ば押し込むようにして部屋へ入れた。

もちろん自分も。

後ろ手にドアを閉め、微笑みながら彼女の目を見る。

「ごめんね、ちょっと聞こえちゃった。君、こいつを訪ねて来たんだろう？」

「あ…、あなたは…？」

不審な目を向けられたが、怯えられはしなかった。

「立川の新しいトモダチ。先輩みたいなものかな」

「宮崎」

「まずは落ち着いて、涙を拭いた方がいいよ。ハンカチ、持ってる？」

「あ…はい」

「じゃ、涙を拭いて、深呼吸して」

彼女は手に提げていたバッグからハンカチを取り出し、零れる涙を拭いた。

「すみません。みっともないところを…」

いい娘だ。

ヒステリックにならず、部外者にちゃんと対応できてる。

「宮崎」

「うるさいな、お前は常々《つねづね》デリカシーがないと思ってたけど、女の子の泣き声を他人に聞かせるなんて最低だぞ。彼女に話があるって言うなら、ちゃんと聞いてやれ」

「だが…」

立川は困惑した顔をしていたが、俺は無視して彼女を見た。

「えっと、奈緒さん？　君、お料理できる？」

「…はい」

「そう。じゃ、丁度よかった。これ、食材だから、こいつに何か作ってあげな。それで二人でゆっくり話した方がいいよ。誤解とかもあるみたいだし」

そう言って、俺はスーパーの袋を彼女に手渡した。

「お前が作る約束だろう」

「そんなの、いつだって作ってやるよ。とにかく今日は二人でちゃんと話せ、俺はこれで帰るから」

「宮崎」

「彼女に連絡もしてなかったんだろう？　それなのにお前を探してここまで来た娘《こ》をないがしろにするな。男なら、ちゃんとカタを付けろ、いいな」

ビシッと言って、俺は背を向けた。

胸から生じた痛みは、全身に毒のように回っている。

足も、指先も、頭の中までが痛む。

苦しくて、目の焦点が合わなくて、本当なら今すぐにでもここにへたりこんでしまいたかった。

でもそれはできない。

ドアを開け、「俺はまた今度でいいから」と言って部屋を出ることしか『してはいけない』。

泣くことも、俺のことはと問うことも、してはならないことなのだ。

「宮崎！　奈緒、ちょっと待ってろ」

階段を下りる俺に追いつき、立川が俺の肩を掴んだ。

「宮崎、これは偶然で…」

「言い訳しなくてもいいよ。大体のことはわかったから。アメリカ行く前の彼女だったんだろう？」

　立川は目を伏せ、認めた。

「…そうだ」

「わざわざ探して訪ねてくれたんだ。お前は彼女の話を聞く義務がある。戻ったことを知らせなかったんだから」

「それは…」

「他人の気持ちを踏みにじるな」

　俺はいい。

　恋人ではなかった。

　俺がどんなに傷つこうと、お前が俺に果たすべき義務などない。でも彼女は違う。彼女は恋人だった。愛し、愛された過去がある。

　それならば、お前には彼女に対峙《たいじ》する義務がある。

「俺は人の気持ちを踏みにじる男は嫌いだ。それに話せばいい結果が出そうじゃないか」

「奈緒とはもう終わったんだ」

「そんなこと言うな。それを確かめたわけでもないのに。とにかく、ちゃんと彼女と話し合って結果を出さない限り、うちの店にも出入り禁止だからな」

「宮崎」

「…彼女に、美味いもの作ってもらえ」

顔の筋肉を総動員して、俺は微笑《わら》った。

そして彼の肩をポンポンと叩くと、自分の肩にあった立川の手を外し、そのまま階段を下りた。

わかってさ。

ノンケに恋愛したって上手くいかないってことは。

相手があんなに可愛い娘じゃ、叶うわけがない。

会話の様子からすると、別れたとか切れたとかいうのじゃなく、アメリカに行ってる間ちょっと距離を置くつもりだったのに、大野とかいうヤツが、嘘をついて次の彼氏になったとか言ったんだろう。

そして離れた場所に行った自分が悪いとか思って、あいつのことだから二人が幸せになればいいとか思ったに違いない。

それで戻っても連絡を入れなかったのだ。

音信不通だった男を自力で探してここまで来たんだもの、彼女にはまだ立川への愛があるはずだ。

そして誤解が解ければ、きっと元の鞘《さや》に戻るだろう。

美人だった。

立川の隣に立つことが似合う娘だった。

いい娘だった。一途っぽくて、行動力がありそうで。料理もできるし、スタイルもよさそうで。

彼女を、立川は抱いていたのだ。

そして今日、誤解が解ければあの腕は再び彼女を抱くだろう。

「…ダメだなぁ」

泣くまいと決めていたのに、彼のアパートから自分のマンションまでの短い道程すら、我慢ができなかった。

ぼろぼろと零れる涙を、手の甲で拭《ぬぐ》う。

拭っても、拭っても、涙が零れてくる。

顔はくしゃくしゃで、洟《はな》も出た。

だって、好きになっちゃったんだ。

立川に恋をしてしまったんだ。

彼と一緒にいることが楽しくて、これから先のこともいっぱい考えて、まだしばらくはこの関係でもいいから頑張ろうって思ったばかりだったんだ。

それなのにどうして…。

「う…、う…っ」

泣きながら、俺は自分の部屋のドアの鍵を開け、中に入ってドアを閉めた途端に声を上げて泣き叫んだ。

「うわ…ぁ…、あぁ…」

慰める手などない。

縋《すが》る腕もない。

失恋した。

彼を失った。

付き合いは残るだろうが、これからは他人のものになった立川を見ることしかできないのだ。

「ひっ…、あー…」

上着も脱がず玄関先に突っ伏して、声を限りに泣き叫ぶ。こんなにみっともなく泣いたのは生まれて初めてだった。

こんなに苦しいのも、生まれて初めてだった…。

立川と楽しく過ごすはずだった日曜日は、ただ泣いて過ごすだけの苦しい一日だった。

立川からは一通だけ『落ち着いたら連絡します』という短いメールが届いた。

硬い文章、きっとこの一文も『お』の一言で登録されてるものだろう。

落ち着いたらっていつ？

落ち着いたらって、どういう意味？

そう問うこともできない。

未練《みれん》を持っていると思われたくなかった。

自分が彼に恋をしていたことを覚《さと》られたくなかった。

だから、そのメールには『男ならキッチリしろよ』とだけ返信した。

それで終わりだ。

陽が落ちて部屋が暗くなっても、明かりを点《つ》ける気にならなかった。

朝から何も食べてないことを思い出しても、空腹を感じなかった。

青木や、九曜なら、自分の恋バナの相談に乗ってくれるかもしれないと思ったけれど、頭の中身をまとめることもできなかった。

泣いて、叫んで、空っぽだ。

忍と決別した時は、傷は深かったが自分の中に『俺は間違っていない』という信念があったから、悲しみを乗り越えることができた。

ある意味、忍が酷い男だったので、彼と別れたことはよかったのかもしれないと思うこともできた。

過去恋愛をして来た男達とは、最初から長く続かないだろうと思っていた。

男同士ではそんなものだろうと考えていたし、大抵は自分より年上で、恋愛ごとに慣れた者だったので、別れ際も綺麗なものだった。

でも立川は違う。

彼を恨《うら》むことなどできなかった。

あいつは最初からちゃんと正直に自分の気持ちを口にしてくれていた。

男同士の恋愛は理解できないと、キスがよかったから付き合いたいと、この付き合いは

『お試し』だと。

試している間に、本命が戻ってきただけだ。

自分は、彼にこの気持ちを少しも伝えていなかったのだから、彼は俺がこんなに泣いていることも知らないだろう。

だから、こんなふうに傷つく別れを迎えるのも、彼のせいじゃない。

わかっていたことだった。

充分にあり得る結末だった。

ただ『その日』が来ただけのことだ。

一日かけて、ようやくその答えにたどり着くと、翌日、俺はいつもの時間に身支度を整え、店に向かった。

「おはようございます」

声を掛けて入ったスタッフルームには、小谷しかいなかった。

「おはようございます。…どうしたんです？」

「何が？」

「顔色、悪いですよ？」

彼は心配そうに近づいて、俺の額に手を当てた。

「そうかな、自覚はないんだけど」

「風邪ですか？　だったらお休みになっても――」

心遣う申し出に、俺は首を振った。

「大丈夫だよ、どっか痛いってわけでもないし、ちゃんと働かないと」

それは建前だ。

『もう終わり』と答えを出したのに、俺は今日のランチタイムに、また立川が来てくれることを期待しているのだ。

「そういえば、九曜にバイクの話した？」

「はい。俺も免許取ろうかと思って」

「後ろに乗ればいいのに。抱き着き放題だよ…って、そんな理由を付けなくても抱き着き放題か」

「宮崎さん」

少し頬を染めて怒る小谷も、ノンケの子だったたな。むしろ、同性愛者は嫌いだと言っていた。なのにちゃんと今は九曜の恋人になっている。

「九曜が羨ましいなぁ…」

俺は小谷に抱き着いた。

「宮崎さん？」

「こんなに可愛い小谷を恋人にできて」

ちゃんと恋愛を成就《じょうじゅ》させて。

「本当に具合悪いんじゃないですか？」

「おはようございます…、って何やってるんですか、宮崎さん」

青木が入って来るから、俺は抱き着く相手を青木に乗り換えた。

誰に抱き着いても、『彼』じゃない。でも、今は人恋しかった。

「具合が悪いみたいなんですけど、大丈夫としか言わなくて…」

「…松苗くんに言って、コーヒーもらってきて。悪いけど、今日のメニューは小谷くんが書いてくれる？」

「いいですけど、大丈夫ですか？」

「たぶん二日酔いだと思うから」

小谷を追い出すと、青木は俺の肩を抱いてソファに座らせた。

「分かりやすすぎですよ…」

「俺、二日酔いだろう？」

「週末あれだけ浮かれてて、今日がこれなら、名探偵じゃなくてもわかります」

「ふふ…、そうだね」

青木は、核心を突くようなセリフは口にしなかった。

「玉砕《ぎょくさい》？」

「美人の元カノ登場」

「それは悪酔《わるよ》いだ」

「酒は慣れてるし、強い方だと思ったのに…。こんな二日酔いは初めてだ」

言ってると、声が震える。

「きっと、酔ってる時が気持ちよすぎて、深酒《ふかざけ》してるのに気づかなかったんですね」

「青木は？」

小谷がコーヒーを持って戻ってきても、俺達は酒にたとえた会話を続けた。

「俺は一度悪酔いしてから酒には慎重です。ありがとう、小谷くん。さ、これ飲んで」

小谷から青木を経て手渡されるコーヒーのカップ。

口を付けると、それは薄く淹れてあった。

「もし気分が悪くなったらすぐに言ってくださいね。松苗くんが、欲しかったら野菜ジュース作りますって。俺、店でメニュー書いてますから」

「ん、ありがとう」

小谷がまたすぐに店へ消えると、俺は薄いコーヒーを喉へ流し込んだ。

温かさが空っぽの胃に染み渡る。

「忘れるよ。今までもそうして来たから」

「飲みに行くなら付き合いますよ？」

「そうだねぇ。二人で迎え酒するか？」

「俺もネコですから、本当のお酒ですよ…？」

「ばか、当たり前だろ」

彼の言葉に笑って、俺はカップの残りを飲み干した。

「もうしばらく、美酒はいらない。最高のを味わっちゃったから。楽しくて、楽しくて、夢だとわかっていてものめり込むような酔い方はもうしたくない」

空っぽになったカップを手に、立ち上がって微笑う。

「本当に十代の子供だったら、八つ当たりぐらいするんだけど、大人だから、笑うしかないのさ。『いつかはみんな思い出』って魔法の言葉でね」

立川は、俺が大人ぶるのを嫌っていた。

でも仕方ない、これが俺なのだから。

こうして強く生きてきたのだから。

「松苗くん、コーヒーありがと、野菜ジュース作ってくれるんだって？」

努めて明るい声で店に出て、可愛い弟みたいな松苗に甘えてみる。

「フルーツいっぱい入れて作って」

「いいっすよ。とびきりの作ります」

前向きで行こう、ともう一度自分に言い聞かせて。


吐き出すことのできない熱が、じくじくと胸を焼く。

吹き出すことのできない激流《げきりゅう》が、心の中で渦を成す。

身の内側に抱えたものが、自分を苦しめる。

子供の頃、三十にもなれば大人の男で、どんなことでも平気な顔で受け流すことができるだろうと考えていた。

でもその歳が近づくと、それが幻想だったことがわかる。

歳を経ただけでは、人間変わったりしないのだ。

苦しいものは苦しいし、悲しいものは悲しい。自分の感情すら、上手くコントロールできない。

上手くなるのは、平気な『フリ』だけだ。

スマホが鳴らなくても、気にしないフリ。ランチタイムに彼が来なくても平気なフリ。心が泣き叫んでいても、普通に仕事をするフリ…。

彼が姿を現さないのは、あの彼女と上手くまとまったからだろう。俺を呼んでくれたあの殺風景な部屋は、彼女の手によって美しく飾られているかもしれない。

そんなことを考えては吐きそうになるのを、笑ってごまかすフリ。

そして、自分の責任というものを逃げ道にするのも、大人ならではだろう。

子供だったら、こんな時に何にもしたくないと放り出してしまうのだろうが、大人はこれをやらなきゃならないからなんとか頑張るかと自分を鼓舞《こぶ》するのだ。

空腹を感じなくても食事をして、何もしたくなくても仕事をして、笑いたくないのに笑ってみせる。

つらくないからじゃなくて、つらくてもやらなきゃならないから。

そしていつか全てをミキサーにかけた果物のようにドロドロにして飲み下すだろう。

それを、『忘れる』と呼ぶのだ。

月曜日、俺は青木と彼の部屋で飲んで、ほんの少しだけ愚痴って帰った。傷ついた自分を可哀想《かわいそう》、と言ってくれる誰かが欲しかったので。

青木はシェアハウスに住んでいるので、愚痴って慰められた後は、他の部屋の住人も呼んで賑《にぎ》やかに飲んだ。

でも火曜日にはいつも通り。

朝起きて、スムージーとパンで簡単な朝食を済ませ、すっかり冷たくなった空気の中を一人歩いて店に行く。

着替えて、店に出て、お客様に笑顔を振り撒いて、時間きっちり働く。

ランチタイムが終わる頃には、視線が戸口に向いてしまうけれど、そこに待ってる者の姿は現れなかった。

そのことが悲しくても、表には出さない。

水曜日も同じ。

だが、木曜日は違っていた。

ランチタイム。

昼食を求める客の波が過ぎ去っても、まだ時間はたっぷり残っている頃。常連客の相手をしている時、戸口が開く気配に視線だけをそちらへ向ける。

「…ですね。やっぱりローレルは素材の臭みを消してくれるので、煮込み料理に入れるといいんですよ」

そこに、立川が立っていた。

ああ、やっと来てくれた、と膨らんだ胸が、一瞬にして萎む。

何故なら、その後ろに『奈緒』が立っていたから。

「手で千切《ちぎ》ってマリネなんかに入れてもいいんですよ」

だから、俺は彼に近づかず、客との会話を続けた。

接客には、青木が当たってくれた。

立川は厚手のジャケットを脱ぎ、彼女はこの間とは違う光沢《こうたく》のある暗いメタルワインレッドのダウンジャケットを脱ぎ、青木に渡した。

「いらっしゃいませ。お二人様でございますね？」

「ああ」

「どうぞ、窓辺のお席へ」

絵になるカップルが、窓辺の席に向かい合って腰を下ろす。

結果を出すまで、店には来るなと言っておいた。なのに今日店へ来たということは答えを出したのだろう。そしてその席に彼女を連れてきたということは、彼女と修復できたということだ。

「宮崎さん」

青木に呼ばれ、俺は応対していた客に軽く会釈してその場を離れた。

「…あれが彼女？」

銀のトレイで口元を隠し、青木がそっと囁く。

「美人だろ」

俺も立川に背を向けて答えた。

「給仕、俺がやりましょうか？」

「頼む」

「何だったら、奥へ入ってもいいですよ」

「まだ休憩を取るには早いだろう。来ていきなり逃げ出すんじゃ相手にも失礼だ」

「大丈夫ですか？」

「そんなにガキじゃないよ」

強がって笑ってみせると、青木の方が暗い顔をした。

「ほら、オーダー取ってこいって」

巧《うま》い具合にキッチンから料理が上がったと呼ぶ声がしたので、俺はそちらへ向かった。

九曜は何か言いたげな顔をしていたが、黙ったまま皿を押し出した。

「パスタはこれであと残り三つだ」

「わかった」

九曜には、立川とそういう関係になっていることは伝えていなかった。察してはいるかもしれないけれど、事実を知っているのは青木だけだ。

「お待たせいたしました。ミートボールとバジルソースの二色パスタでございます」

料理を運び、笑顔を絶やさない。

「三番テーブル、ランチB二つ。コーヒーとアイスティーで」

青木の声が聞こえる。

コーヒーは立川、アイスティーは彼女だな。今日のランチBは今の二色パスタだ。立川一人ならきっと、ランチAの若鶏《わかどり》のハーブグリルを選んだだろうから、彼女に合わせたのだろう。

「すみません」

会計に呼ばれ、レジへ向かう。

「ありがとうございます。ランチ一つで一千八百円になります」

会計を終えると、こちらを見ていた立川と目が合った。

逸らすこともできず、にこっと微笑み返す。

仕方がない…、挨拶ぐらいはするか。

ギクシャクしないように注意しながら、彼等のテーブルに近づくと、まず彼女の方に声をかけた。

「いらっしゃいませ」

彼女は少し強《こわ》ばった表情を見せた。この間泣き顔を見られたのが恥ずかしいのだろう。

「いらっしゃい」

次に立川を見る。

その顔を見ただけで泣き出しそうになり、慌《あわ》てて口を開いた。

「上手くまとまってよかったね。お似合いのカップルだよ」

精一杯の強がりだった。

立川が彼女と幸せになることを祝福《しゅくふく》している、と伝えたつもりだった。

だが、俺がそのセリフを言った途端、立川の表情が動いた。

「…何だ、それ」

その変化に、過去の恐怖が蘇《よみがえ》る。俺のような男に祝福されたくないというのだろうか。

彼女が戻ったら、もう俺など近づくなというのだろうか。

「…失礼しました、お似合いの恋人だなと思って…。余計なことを…」

怯えに、声が詰まる。

「そうじゃねぇだろう！」

まだ他に客がいるというのに、彼は大声で怒鳴りつけてきた。

「あんたが俺の恋人だろう。冗談でもそんなこと言うな！」

「立川…」

「お客様、何かございましたでしょうか」

慌てて青木が飛んできて、俺達の間に入った。

「うちの者が失礼でも」

「個人的なことだ。あんたには関係ない」

「他のお客様もおられますので、どうぞお声を落としてください」

青木の言葉に立川が口を閉じた時、俺はいきなり背後から肩を掴まれた。

「九曜？」

厨房から出てきた九曜は、俺だけではなく、立川の腕も取り、強引に引っ張った。

「九曜、何して…」

「いいから来い。店の迷惑だ。小谷！　ドア開けろ！」

驚いた顔の小谷が言われるままにスタッフルームのドアを開けると、彼は容赦《ようしゃ》なく俺達二人を中へ放り投げた。

「そこで好きなだけケンカでも何でもしてろ。おい、お前」

「…立川だ」

「事情はわからねぇが、時と場所をわきまえて喋れ。変なことを喚かれると店が迷惑だ」

そしてバンッ、と音を立てて扉を閉めた。

部屋に残されたのは俺と立川だけだ。

俺は彼が怖くて、後ずさるように距離を取った。

「…心配しなくても、彼女には変なことは言わないよ」

だから怒らないで。だから嫌わないで。

「変なことって何だよ」

「彼女の身代わりをしてたって…」

「ハァ？　何バカなこと言ってんだよ！」

大きな声にビクッと身体を縮める。

「誰がいつあんたを身代わりにするなんて言った」

「…言ってはいないけど、そういうつもりだったんだろう？」

「男が女の身代わりになんかなるか！」

「そう…、だよね。ごめん、思い上がった発言だった…」

「違うだろう」

立川の手が伸びるから、また一歩下がる。けれど彼は壁際まで追い詰めて、俺を捕らえた。

「あんたが俺の恋人だろう」

「…冗談はいいよ」

「何が冗談なんだ」

「あんな美人な彼女がいるのに、何で俺なんか…」

「あいつとは確かに恋人だった。だが今はもう別れた」

「彼女はそう思ってないんだろ？　だからお前のところに来たんだろう？」

「俺の中では終わったことだ」

「そんな簡単に…」

「簡単じゃなかったが終わった。俺は今あんたと付き合ってるんだ。そう言っただろう」

「言ってない！」

「言った！」

「言ってない。お試しだって言っただろう。ただ男でもイケるみたいだってことで相手にしてるだけだ」

彼の言葉に胸が潰れる思いだった。恋人？　俺が立川の？　一体いつそんなことになったんだ。

「彼女と別れる言い訳に俺を使おうっていうのか？」

さっきまで、彼の豹変ぶりに怯えていたが、急に腹が立った。こんなに俺を傷つけておきながら勝手なことを言うな、と。

「確かにお試しするとは言ったが、そんなものとっくに終わってるだろう。でなけりゃこんなに追いかけ回すわけがない」

「だったらなんで彼女と一緒にいるのさ。二人で揃って俺の目の前に現れて、何が別れただよ」

「それはあいつに全部正直に話したら、今の恋人が見たいって言ったからだ」

「…俺は男だよ？」

「男に惚れたんだからしょうがないだろう」

「彼女にそう言ったの？」

「言ったさ。お前がきっちり決着つけろって言ったから」

「…嘘だ」

「何でこんなことで嘘をつかなきゃならないんだ」

「だって…！」

言いかけた時、またドアが開いた。

ハッとして視線を向けると、そこには九曜が立っていた。

「取り込み中悪いが、彼女が帰るってよ」

立川は一瞬逡巡《しゅんじゅん》したが、俺を掴む手に力を込めて言った。

「俺は宮崎が恋人だと思ってる。それが違うと言うなら、ちゃんと話し合え。人の心を踏みにじるなと俺に言ったのはお前だ。俺の気持ちを踏みにじるな。店が終わったら俺の部屋へ来い」

「…行かない」

「来るまで待つ。いいな、絶対に来いよ」

そこで九曜が見ているというのに、立川は俺にキスしてから部屋を出て行った。

「付き合ってたのか…」

九曜の声に、俺は首を振った。

「違う…。立川はノンケで、さっきの彼女が恋人で…」

「その彼女の前で、お前が恋人だと言ってたじゃないか」

「…違う」

「キスまでしてっただろう」

「だって、立川は俺を好きだとは言わなかった！　一緒にいて楽しかったけど、一度も愛してるなんて言わなかった！」

「言えないタイプの男もいるだろう」

「でもあいつは男が男を好きになる気持ちなんかわからないって言ったんだ。俺と付き合うのはお試しだって…」

腕を組んでドアに寄りかかっていた九曜はため息をついた。

「お前達がどんな付き合いをしてたかわからねぇが、逃げてばっかりじゃ大切なもんを逃すかもしれないぞ。思ってることがあるなら、本人に言えよ。俺に怒鳴ったってしょうがねぇだろ」

「言わない…」

「どうして？」

「嫌われたくない。もう…、信頼してる人間に怒鳴られるのは嫌なんだ」

「あいつはうちのバカ兄貴とは違うだろう。宮崎に惚れてるんだから」

「信じられない」

「じゃあそう言って来いよ。それで終わりにすればいいだろう。少なくとも、宮崎がそんなふうになるくらいにはあの男が好きなんだろう？」

好き…。

好きだ。

好きだから苦しんで、好きだから諦めようとしているのだ。

「取り敢えず、今日はもう帰れ。その様子じゃ使いもんにならないだろうから。夜にはオーナーに入ってもらう」

それだけ言うと、九曜も部屋を出て行った。

俺は…、何をしてるんだろう。

何をすればいいんだろう。

怒った立川の顔が脳裏から離れない。彼を怒らせたのは自分だ。彼は何故怒っていたんだろう。俺はちゃんと祝福すると言ったのに。

どうして今更恋人だなんて言うんだろう。

上手く頭が働かない中、今日は帰れと言われた言葉だけが耳に残って、のろのろと着替えを始めた。

確かに、もう今日は笑顔を作ることはできない。客前に立つことなど無理だ。

自分にとって大切なこの場所に迷惑をかけるわけにはいかない。だから言われた通り帰らなくては。

その後のことは、家に戻ってから考えよう。

そう思って、制服を脱ぎ捨てた。

立川の言葉を反すうしながら。


店が終わるのは早くても十時過ぎ。

店が終わったら来いと言われたので、十時までは彼を待たせることにはならない。

だから考える時間はたっぷりあった。

けれど考えようとしても混乱した頭は正しい答えを導き出すことなどできなかった。

立川に恋人だと言われたことも、惚れたと言われたことも嬉しいと思う。でも、それを信じる根拠が一つもなかった。

だって、彼は同性愛者ではなかったのだし、あんなに健気《けなげ》で美人の彼女がいるのだし、好きとも愛してるとも恋人だとも言ってくれなかった。

今になって突然言われても、ああそうだったのかとは思えない。

立川が彼女に『俺の恋人は男だ』と言ったなんて、信じられるか？

それぐらいだったら、彼女と別れるためにゲイに走ったという言い訳に利用されてると考える方がそれらしい。

でも、希望が捨て切れなかった。

もしかして、という欲が消せなかった。

『逃げてばっかりじゃ大切なもんを逃すかもしれないぞ。思ってることがあるなら、本人に言えよ』

九曜の言葉が、背中を押した。

そうだ。

立川と彼女がヨリを戻しているなら、どっちみちこの恋は終わりだ。

それなら、言いたいことを言って別れても、言わないで終わらせても大差はない。嫌われて、もう二度と会わないと言われれば、二人の仲睦《なかむつ》まじい姿を見なくても済む。

悩んで、悩んで、脳みそが溶けるくらい悩んで、同じことばかり考えてぐるぐるして、やっと立川と話し合おうと決めたのは、夜の九時過ぎだった。

これが最後になるかもしれないと思って、せめて身綺麗にと風呂に入ってお気に入りのニットを着た。

肌触りのいいものを着て、少しでもテンションを上げたかった。

ジャケットを羽織って部屋を出たのが十時過ぎ。

なのに、歩いて五分もかからない彼のアパートの前まで行くと、そこから足が動かなかった。

自分がこんなに臆病な人間だったとは。

絞首台《こうしゅだい》に上る罪人《ざいにん》のように重い足取りで上る階段。

部屋の扉の前に来ても、まだ勇気が出なかった。

昼間のことが全て夢で、中に彼女がいたらどうしよう。何しに来たのかと問われたらどうしよう。

吹きすさぶ冬の夜風の中、立ち尽くして、まだ悩み続けた。

風呂など入って来なければよかった。身体が芯から冷えて震えが出る。それともこれは不安から来る震えだろうか。

いっそ帰ろうかと思った時、誰かが階段を上ってくる足音が聞こえ、俺はチャイムのボタンに指をかけた。

震える指先でボタンを押す。

扉越しにチャイムの軽い音が響く。

階段を上ってきた住人の姿が見える前に、ドアは開いた。

部屋の中から流れ出る温かい空気の中に、立川がいた。

「来たか」

低い声。

「入れよ」

怒ってるようにも聞こえる声。

だが手は優しく俺の背中に回され、中へ招き入れた。

「…彼女は？」

「いるわけねぇだろ」

ずっと外に立ち尽くしていたから、暖房の効いた部屋に入っても寒くて上着は脱がなかった。そのまま中へ入り、ベッドの上に座る。

フローリングの空っぽの部屋は床の方から冷えが上がってくるような気がした。

「上着ぐらい脱げよ」

「寒いんだ」

「部屋の中は暖かいだろ」

「…寒いんだ」

繰り返すと、彼はそれ以上言わなかった。

俺の足元に座り、少しイラついた様子でタバコに手を伸ばす。テーブルの上の灰皿は、この間以上に吸い殻が山積みだった。もしかしたら帰宅してからずっと吸い続けていたのかもしれない。

「それで、あんたは俺の恋人じゃないって言うなら、何のつもりだったんだ？」

立川はいきなり切り出した。

「…わかんない」

「何のつもりで付き合ってたんだ？」

「友人以上のセフレ？　お試し期間中の相手？」

「何でセフレなんだよ！」

ドンッ、と拳がテーブルを叩く。

その音に驚いてビクッと身体が震えた。

「セックスしたから」

「俺は付き合ってくれって言ったよな？」

「どんなふうに、とは言わなかった。試しに付き合おうと言っただけだった」

「お試しなんかとっくに終わってるに決まってるだろう」

「決まってない」

言わないと。

自分がどう思っているかをちゃんと伝えないと。

「立川は、男が男を好きになる気持ちはわからないと言った。キスが上手かったから、男でもイケるかもしれないから試してみようって言った。できそうだから、試しに付き合おうとも言った。でも恋人になってくれとは言われてない」

「何度もキスして、部屋にも呼んだだろう」

「好きだとも、愛してるとも言われてない」

「そんなの、わかれよ」

「わからないよ……！」

苦しい。

どうしてこんなに苦しいんだろう。

「立川にはわからない！　きっと受け入れてくれるだろうと信じても、人は簡単に変わってしまう。立川が俺に好意を抱いてくれてるのはわかっても、それが恋だなんて、口にしてくれなければわかるわけがない！」

身体は指一本動かせず、座った時の格好のままなのに、口だけが勝手に動く。

「マイノリティであることで、どんなふうに扱われたか、お前にはわからないだろう。どんなふうに罵られたか、知らないだろう。表面上に見せる態度を信じることなんてできない。俺は…、それで友人を失った。家族とも距離を置いている。『わかってくれる』と思えるのは同じ嗜好の人間だけだ。お前は最初にそれを否定した。なのにどうして態度だけでわかることができる？　キスぐらい恋がなくてもできる、触り合って射精することぐらい、商売の相手でもできる。事実、お前は初めて俺と寝た時、愛なんて囁かなかった。興味本位の顔しかしなかった」

「…宮崎」

立川が、驚いた顔をしているのがわかっていても、言葉が止まらない。

失うなら、この気持ちを全て伝えよう、そう決めた。

「立川と一緒にいることは楽しかった。立川もそうだったと思う。でもそれは友人の域を出るものじゃなかった。男にしては綺麗だと言われても、時間が経てば容色は衰えるだろう。その時、きっとお前はまた女性を選ぶに決まってる。だって、男が好きなわけじゃないんだから。俺が女のように見えたから触れられただけじゃないのか？　美人、というのはそういうことだろう？　俺のどこが好きだとも言われていない。褒められたのはキスと容姿だけなんだから」

自分でも、そんなことを考えていたのかと思うほど、心の中に抱えていたものが溢れ出てくる。そうか、俺は彼が女性を相手にするということだけでなく、年下であることも引っ掛かっていたのか。自分が先に老いることを恐れて。

「そんな時に、嫌いで別れたわけじゃないあんな美人の彼女が現れれば、お似合いだと認めるしかないだろう」

「俺は…！」

「立川が好きだよ！」

吐き捨てるように言う言葉。

「ああ、好きだ。ただの友達じゃなく、お前に抱かれて、愛されたい。あんな触りっこじゃなくて、お前が欲しい。でもそれはきっと立川には無理だ」

「どうして？」

その質問に、俺は嘲笑《わら》った。

「どうして？　一度もインサートを望まなかったじゃないか。お前には、男に突っ込むなんて無理なんだよ。そんなのはわかってた。わかってるからもういいんだ。ただ、そんな気もないのに恋人だの惚れてるだの言うのはやめてくれ。どんなつもりでも、それが真実じゃなければ俺は傷つくだけだ…。今なら…、楽しかったで終われるから、これでもう終わりにしよう。立川は俺よりも若いし、いい男だからあの彼女じゃなくても、きっと素敵な女の子が現れる。男同士なんてリスクのある恋愛を試したりしないで、みんなから祝福される恋愛をすればいい。お前には、他人に隠さなきゃならない恋愛なんて似合わない」

「お前は？」

「俺は…、俺も…、いつか…」

「他の男を見つける、か？　そんなこと、許せるわけがないだろう」

「立川」

「俺の言葉が足りなかったのは認めるし、素直に謝ってやる。だが俺にだって、言いたいことはある」

彼は短くなったタバコを灰皿で捩じ消し、新しいのを咥えた。

まるでタバコを吸う間に言葉を探すかのように。

「俺の言った『お試し』は俺のじゃない。お前のことだ」

「俺の？」

「俺は最初に寝た時に言ったはずだ。普通に付き合おうってな。デートしたりメシ食ったりしたいって。適当にしないで、ちゃんと口にして。好きだとか愛してるとか言わなかったのは、あんたが変なことを口にするなと言ったからだ。だから、俺はずっとそっちから『好き』と言ってくれるのを待ってんだ。宮崎が言ってくれたら、俺も言えると思って我慢してたくらいだ」

「…嘘だ」

「嘘じゃない。覚えてないのか？」

覚えている。

確かに彼は言ったたし、俺も言った。でも…。

「インサートなんて、最初っからしたかったに決まってんだろ。女に突っ込んでフィニッシュしてたんだから。あの時は俺もゲイの知識とか全然なくて、ゲイなら簡単に突っ込めると思ってたし。でもあの時…、指が抜けたんだ」

「指…？」

「ローションで濡らして指突っ込んだだろう。簡単には入らなかったのに、宮崎がちょっと力入れたらすぐ抜けて、それで簡単には咥えさせることはできねぇんだって思って、店の常連に訊いたら、男のアナルなんて使わなかったらすぐ処女に戻るって言われて…」

「天野さん…情報…？」

「押井《おしい》って客」

知らない名だ。

「そいつが、無理に突っ込むと痛いだけだって言うし、必ず挿入しなきゃいけないってもんでもないって言うから、あんたのために我慢してたんだ」

立川は、まだ半分も吸ってないタバコをまた灰皿で消した。

「あんたがいいなら、いくらだって言うさ。宮崎がロマンチストで可愛いところも好きだ。年上ぶるのは気に入らないが、世話好きで、笑うと可愛くなって、俺のこと隠し撮りするような乙女なところも好きだ。最初に興味本位で誘ったのは認める。でも今まで一度だって男を誘いたいと思ったことはないんだぜ。叔父さんがゲイだってことを知ってても、理解できねぇって思ってたくらいなんだから。それでも勃起して、できれば突っ込みたくて、それができないなら健全に付き合ってもいいなって思ったぐらい好きだ」

タバコを止めて空いた手で、俺の両腕を掴む。

「奈緒とは別れた。お前より好きなヤツができたって言った。本当はごまかして別れようかとも思ったが、あんたがきっちりしろって言ったから、俺はゲイになった、惚れたのは男だって言ったんだ。泣かれたけど、それでもあんたを取った」

これは夢だ。

きっと夢だ。

「他人に隠す恋愛だっていいじゃねえか、吹聴《ふいちょう》して回らなきゃいけねぇわけじゃなし。リスクがあるなら、二人で回避すりゃいいだろ」

今日はまだ日曜日で、さっき立川が彼女といるところを見て、泣きながら帰って、泣き疲れて眠ってる時に見ている夢だ。

「言って欲しいなら、何回でも、何十回でも、何百回でも言ってやる。俺は宮崎を愛してるから抱かせろ」

でなければ、あんな美人の彼女がいる男が、俺なんかにこんなこと言うはずがない。

「恋人はお前だけだ」

こんな結末が待っているわけがない。

「もう、試さなくてもいいだろ？　俺と付き合ってるな？」

夢だとしても、幸福過ぎて死にそうだった。

「泣くなよ…」

「泣いて…ない」

「泣いてるさ。ブサイクだ」

「顔に…自信はある…」

「確かにな」

笑ってキスした後、彼は「しょっぺえ」と呟いて、ティッシュを取り、俺の顔に押し付けた。

「今がよけりゃいいとは言わないが、先のこと考えるのもやめろよ？　男と女だって別れる時は別れるもんだ。それなら、今『抱いて』ぐらい言ってくれ」

言っても、いいんだろうか？

いや、言うべきだ。

決めたじゃないか、心の中に抱いてるものを全て吐き出すって。

立川は、今まで出会った誰とも違う。彼は特別で、彼に代わる人なんかいなくて、彼はちゃんと俺を愛してくれて…。

「抱いて…。いっぱい愛してるって言って」

「そう言ってくれるのを、ずっと待ってた」

彼は、俺の『恋人』だった。

寒くて脱げなかった上着を脱いでる間に、彼はベッドの下から紙袋を引っ張り出した。

「何？」

と訊くと、彼は少し気まずそうな顔でそれを差し出した。

「する気満々だった証拠だ」

受け取って中を覗くと、そこにはコンドームとローションが入っていた。

「やり方も、店の客に色々訊いた。もちろん、お前のことは言ってないぞ。お客を理解したいからだって言ったら、みんな色々教えてくれたよ」

「…げんなりしなかった？」

「自分の叔父さんで想像すると確かにな。でもお前だと興奮した」

それだけ言うと、もう待ち切れないというように立川は唇を重ねてきた。

舌を使った激しいキスをしながら二人でベッドに横たわると、安いパイプベッドが軋み音を上げる。

一人寝用に作られたパイプベッドは男二人の体重を支えるには不安だったたし、小さくて並んで寝るのも窮屈なくらいだが、彼は俺を壁に押しやって隣に横たわった。

「脱げよ」

柔らかな手触りのお気に入りのニットは、心の殻のようだった。

脱ぐのは怖い。この柔らかいものに包まれていれば傷付かなくて済む。そんな戸惑いの表れのようだったが、俺は自分でそれを脱ぎ捨てた。

その下に着込んでいたシャツも。

強めにしてくれた暖房のせいで服を脱いでも寒さは感じなかったが、触れてきた彼の手は冷たく感じた。

自分とは違う人の一部が、自分の身体に直《じか》に触れる。

何度も味わった感覚だ。彼に触れられることも初めてではない。なのにそれだけでゾクリとする。

感覚は感情と直結している。

好きでない者に触れられても何ともないのに、それが立川で、自分を求めている手だと思うと身体が反応する。

「宮崎は男にしては美人だと思う。だから手を出す気になった。でも綺麗な男だからってだけで欲情したわけじゃない。それならとっくに雑誌のモデルにでもその気になってたさ。俺は宮崎だから一線超えたんだからな」

与えられる言葉も、内側から煽る。

「正直言うと、男の身体に欲情したっていうより、悶《もだ》えてるお前にそそられたんだ。男なのに色っぽくて。だから今日も悶えさせてやるよ」

にやりと笑う顔の色気に当てられる。

俺は手を伸ばして、彼の少し長めの髪に触れた。

「サラリーマンになれない長さだ」

指に絡むほどではないが、思ったよりさらさらとした感触が心地いい。

「それほど長くねぇだろ」

「でも好き」

彼の方も手を伸ばして俺の髪に指を差し込む。

「宮崎のふわふわした髪も好きだぜ」

手は髪の感触を楽しんだ後、頬を撫で、唇に触れた。

唇をなぞる硬い指を口を開いて軽く咥えて先に舌を当てると、誘われたようにそのまま深く差し込まれる。

「ん…」

与えられたものを味わうように舌を絡め、音を立ててしゃぶる。指も応えて口の中をゆるりとかき回す。

「…エロくて困る」

もっとしゃぶっていたかったのに、立川はそう言って指を引き抜いてしまった。

求めている自分の欲望のように、生々しくいやらしい自分の唾液《だえき》が、細く糸を引いて消える。

再び肌に触れる濡れた指先。

胸に軌跡を残し、乳首に触れる。

先を摘まむかと思った指は、ボタンに触れるように上からそこへ置かれた。指の腹だけを押しつけてゆっくりグリグリと動かされる。

「ん…」

優しく、時に強く、強弱をつけてただ先だけを刺激する。

まだ下に触れられてもいないのに、変な気分になってきた。

「立川…」

「ん？」

「それ…、何か…」

「嫌か？」

「嫌じゃないけど…。何か変」

「こういう触られ方、したことないか？」

「うん…」

「じゃ、初めてでいいじゃねえか」

「でも…」

疼《うず》く。

もどかしくて。

「女じゃないんだから、胸ばっかり触ってないで他も…」

「女みたいにしてるんじゃないぜ。ちゃんとこれも調べたんだ。男だって、胸は感じるって。お前を悦くさせたくて、勉強したんだよ」

「店で…？」

「ネットで。他人のヤッてるのもちゃんと見たぜ。でもやっぱり宮崎が別格で色っぽかったけどな。女よりよかった」

「そんなことあるわけ…、ないだろ…っ」

「タイミングの問題かもしれない。アメリカで女と寝た時に大味でそれこそゲンナリしてたから、お前を抱いた時、女よりいじらしくて色っぽいと思ったのさ。その上、気を遣わなくていいのもよかった」

「最後のが本音だろう…」

「何にしろ、お前を愛してることに変わりない」

愛してる、という言葉にピクリと反応してしまう。

気づいた立川は耳に顔を寄せて、わざとその言葉を繰り返した。

「愛してる。愛してる、愛してる」

言われなれてない言葉に身体が熱くなる。

「愛してる」

「もういい。今まで恥ずかしくて言わなかったんじゃないの…？」

「ずっと言いたかったって言ったじゃねぇか。それに、さっきから言ってるけど、アメリカにいたんだぜ？　アイラブユーを繰り返したり、人前でキスする連中に囲まれてたんだ、愛してる人間に愛してるって言うのの何が恥ずかしい？」

俺は、立川のことを知らなさすぎるのかも。

「お前は恥ずかしくなるんだな？　やっぱ可愛いよ」

以前、誰かから聞いたことがある。

男のセックスは欲望が優先で、突っ込むとか射精するとか、最終目標に向かって突っ走るもので、ゴールするとそこで終わる。でも女は与えられるのを待つものなのだと。

「言われて当然と思えないんだろう。だから恥ずかしいんじゃないか？」

愛撫も、愛の言葉も、受け取るべきもので、欲望すら与えられるのを待っている。ゴールを迎えても、よかったとか、またお前としたいとか、そういう褒め言葉と甘い言葉を待っているのだと。

だから男と女のセックスは不一致なのだ。けれど男同士の方がピークも何もかも一致するんだと。

正しいかどうかはわからないけど、その言葉は覚えていた。

「愛してる、宮崎」

それで言うなら俺は男で、『やりたい』にしろ『やられたい』にしろ欲望が先に立つ。

「愛してる」

ゴール目指して走る。

女のように、与えられることに慣れていない。

「愛してる」

胸だけいじられて呼び起こされるままの甘い感覚に溺《おぼ》れることも、本気で向けられる『愛してる』の言葉も、もどかしいような、恥ずかしいような、嬉しいような、むず痒《がゆ》さを感じてしまう。

「もういいから。…安売りするなって。早くすることとして」

「安売りなんかしてねぇよ。そうやって、宮崎が悶えてんのが見たいんだ」

「悪趣味」

「単なるセックスじゃなくて、俺を意識してカンジてるとこがいいんじゃん。でもそうだな、そろそろ俺も我慢できないから、触らして」

話している間もずっと乳首をいじりまわしてた指が離れる。

今度は長い舌で同じ場所を舐められる。

「う…」

転がされて、吸われて、キスされる。

手は下へ伸び、ズボンのファスナーを下ろした。

前を開いて、下着の中に突っ込んで、俺のモノを握る。

「あ…」

「硬くなってる」

ゴソゴソと動いて、ズボンも下ろされる。

「ん、上手くいかねえな、自分で脱いでくれる？」

「…全部？」

「当然」

「ちょっと…離れて」

ちょっとだけでよかったのに、立川はベッドから下りた。気分を害したのかと思ったけれど、彼もそこで自分のズボンを脱いだだけですぐに戻ってきた。

裸の身体が擦り合う。

またキスして、互いのモノが当たる。

俺は、彼の背中に腕を回して抱き着いた。最初の時にはできなかったので。

少し出っ張った立川の肩甲骨に指をかけ、しがみつきながらキスを続ける。

蕩《と》ける。

立川の手は、俺の身体を撫で回していた。

肩、胸、脇腹、腰骨、戻って頬、首、また肩、腕。

大きな手が、愛おしむように滑ってゆく。

全身の皮膚《ひふ》が、彼を感じる。

「挿入《い》れていい？」

「…いいよ。慣らしてからね」

「ちょっと待ってろ」

大きな彼の身体が動いて、手を伸ばすだけで床に置かれていた紙袋を取る。中身を取り出すと、先にコンドームの箱が現れた。

「俺のに付けて」

薄べったい袋を渡される。

封を切って中身を取り出し、彼の股間へ目をやる。

立川のはもう形を持っていた。

自分も同じクセに、それも恥ずかしいような、嬉しいようなむず痒さを感じさせた。

ベッドの上に正座した彼のモノを掴み、コンドームを被せる。先から、クルクルと着せて根元まで。

自分にも付けようと、箱に手を伸ばしたが手が届く前に押し倒された。

「俺だけでいい」

「でもベッドが汚れるよ」

「いいんだ」

「でも…」

「脚、開け」

手が内股を叩いて促すから脚を開く。

ローションがたっぷりと零され、そこが濡れる。

「出し過ぎ、ベッドが汚れ…」

コンドームを付けた彼の指が中を探る。

「あ…っ」

勢いよく入ってきた指が、中で動く。

「ん…っ」

迷いなく動く指。

どうすればいいのか、これでいいのかという動きではなく、狙った場所を攻める指。

立川の指。

覗き込んで俺の表情を見ようとする彼の顔も、余裕がない。

さっきコンドームを付けた時に、もう充分硬くなっていたのに、まだ自分のためには動き出さない。

彼は、本当に俺の乱れる様を楽しみたいのか？

「あ…」

だったら、乱れてもいい。淫らになってもいい。

恥ずかしくても。

「ん…っ、もっと…、奥…」

「まだ入るのか？」

「はい…る…っ、あ」

言葉に応えて差し込まれる指。

使わないと処女になる、か。そうか、前の男と別れてからどれぐらい経つのかと聞いてきたのは、それを確かめるためだったのかも。

指でもちょっとキツくて、感覚は覚えてるけれど、本当にこれが初めてのような気がしてくる。

彼がまたローションを足すから、もう下半身はぐちょぐちょだった。シーツにも零れ、ベッドマットにも染みこんでるんじゃないだろうか。

それでも構わず俺を濡らしながら、彼が俺を嬲《なぶ》る。

「…限界だ」

立川は、ポツリと呟くと、その指を引き抜いた。

「…あ」

脚が掴まれ、肩にかつぎ上げられる。

「ち…、ちょっと待って…」

「我慢できない」

「まだ…」

言葉は届かず、立川は俺の濡らされた場所に自分のモノを当てた。

「悪い」

指で強引に広げられた場所に、押し入ってくる。

「…いっ」

いくら濡らしていても、指なんかよりもっと大きい彼のモノはキツかった。

押し込んで、入らないとまたグッと進められ、無理やり入ってくる。

「あ…ぁ…」

脚を抱えられた俺の目に、自分の欲望が晒される。

恥ずかしくて顔を背けると、立川に笑われたような気がした。

立川は、男が初めてでも性経験が乏しいわけじゃない。

「あ…」

その彼がちゃんと調べて、男の悦ばせ方も知ったのだ。

初めての時でさえ、俺を籠絡《ろうらく》した彼に抗えるはずがなかった。

咥えさせたモノを小刻みに動かし、痛みに慣れさせる。

肩に担がれていた脚が落ちると、その刺激で彼を締め付ける。

「や…っ、たちか…」

前を握られ、指で嬲られる。

「だめ…っ」

熱が上がる。

熱が上がる。

彼に煽られて、身体が熱い。

俺を握っていない方の手が伸びて、俺の手を取る。掴んだ手に指を絡め、恋人繋ぎのようにしっかりと指を組む。

「司」

下の名を呼ばれ、身体の中に渦巻いていた疼きがきゅっと固まる。

「愛してる」

「…またこんな時にそういうこと……」

「何百回でも言うって言ったろ」

恥ずかしい。

いい歳して言葉に翻弄されて。

初めて寝るわけでもないのに、快感に抵抗できなくて。

腹の中に、立川を感じる。

強く掴まれた手を握り返す。

「お前も言えよ」

頭がくらくらして、気持ちよくて、感覚がふわふわして。

青木と、恋の話を酒にたとえてしたことがあったけど、本当に酔ってるみたいだ。

「俺のこと、愛してるってさ」

年下のノンケの男に愛されて、自分を選んでもらえて、その喜びに酔っている。

「…言って、いいの？」

「…可愛いこと訊くな。司が思う通りのこと、口にしろ」

酔いはいつか覚める。

恋はいつか終わる。

でも今は、そのことを考えたくない。

「好き…」

俺は握り合った手にさらに力を込めた。爪が食い込まんほどに。

「愛してる…」

自分のセリフが恥ずかしくて顔が熱くなる。こんな恥ずかしいことを、こいつはどうして平気で何度も繰り返せたのか。

「…いつか捨ててもいいから、今は思いっきり愛して欲しい」

「可愛すぎる…」

いいことも悪いことも全部吐き出して空っぽになった俺の中に、立川が埋まる。

「あ」

苦しいほどぎゅうぎゅうに詰まって、内側から熱をくれる。

「司」

こいつを、好きになっていいんだ。

愛してるって言ったら、応えてくれるんだ。

「司」

我慢できない乱暴さで俺を貫きながら俺の名前を呼んでくれる男が、好きだ。

「…愛し…て…」

さっき名前を呼ばれて塊になったものが、弾けるように全身に広がってゆく。

立川が『上手い場所』を見つけて当ててくるから疼きは飢えになり、彼を求めて腰を動かす。

「や、だめ…。おかしくなる…」

でも彼の動きで動かされていただけかもしれない。それほど、立川は激しかった。

「たち…か…」

彼の身体が倒れてきて、肌が触れ合う。

「司…」

繋がったままの無理な姿勢で、唇を求められる。

でも自分も、口付けたかった。それに応えたかった。

痛みが現実を忘れさせなくても、とろとろの頭の中で、夢のようだと思いながら、快感に酔いしれた。

最後まで、離されることのなかった手を握りしめながら…。


痛い、というのが目覚めた理由だ。

彼を受け入れた場所は元より、背中も、腕も、脚も、筋肉痛みたいな痛みで、動かすたびに顔が歪む。

目を開けると、そこは俺の部屋だった。

驚くことはない、『最初の』一回が終わった後、ドロドロになったベッドでは眠れないからと、意を決して彼を自分のマンションへ招いたのだから。

その時ですら、歩くのがつらくて彼の手を借りなければならなかった。

なのに、驚くべきはその後の立川の行動だった。

取り敢えず汗を流すために一緒に入った風呂場で一回。疲れ果て、ぐったりとして横たわったベッドで、今度はバックからしたいと言い出してもう一回。

合計三回も求めてきたのだ。

若いって怖い。

やるほうはいいかもしれないが、受ける方は大変だった。ましてや間が空いて慣れていないこの身体には。

もしかしたら、立川は性欲の強い男なのかも。

そうだとしたら、これから先が思いやられるが、今までそれを我慢してくれてたのだと思うと顔も緩んだ。

「起きたか?」

声に視線を向けると、ちゃんと服を着てコンビニの袋を提げた立川が入ってきた。

「出てたの?」

隣に寝ていないから、トイレにでも行ったのかと思っていたのだが。

「ああ。あんまりよく寝てるから起こしたら可哀想だと思って。腹減ってるだろうから。温かいコーヒーも買ってきたぜ」

　彼はテーブルの上に袋を置くと、コーヒーだけを手に俺が寝ているベッドによりかかるようにして床に座った。

「無理、誰かさんのせいで指一本動かせない…」

「俺だろ。悪い」

　彼は差し出しかけていた俺の分のコーヒーを床へ置き、自分は紙コップに口をつけた。

「性欲魔神なら先に言ってよ」

「そういうわけじゃない。我慢してたし、きっと次までに時間が空くだろうと思ったから、心残りがないようにやりたかったんだ」

「…別に、休みの前の日なら」

　おずおずと申し出たのに、彼はそれを流した。

「いや、俺の都合」

「立川の？」

「引っ越すから」

「え…！　…っいた…」

その言葉に慌てて跳び起き、痛みに倒れ伏した。

引っ越す?

遠くへ行く?

最後だからあんなことを言ったのか?

もういなくなるから、『愛してる』と安売りしたのか?

酷い。

「俺がいなくなったら寂しい?」

「寂しいに決まってる! ……いなくなるなら、こんなこと…しなかった。今更お前のことを忘れるなんてできないのに…」

こっちは考えただけで、胸が詰まりそうなのに、立川は呑気《のんき》に俺の頭を撫でてきた。

「最高の言葉が聞けて嬉しいよ。でも、遠くに行くわけじゃない」

そして頬にキスをする。

「やっと会社が決まったから、本腰入れて住むところに移ろうと思ってるだけだ」

「会社? 就職するの?」

その言葉に安堵して彼を見ると、立川はうーんと、考える顔をしてから口を開いた。

「就職って言うか、会社作るんだよ」

起きてそのままの格好で出て行ったのだろう。前髪も垂らしてボサボサになった髪は、初めて出会った時のようにもさっとした感じだった。

年相応の、どこにでもいる間延びした青年に見える。

なのに、彼が口にしたのは決して『どこにでもいる青年』の言葉ではなかった。

「俺がアメリカにいたって言っただろ？」

「ああ。ふらふらしてたんじゃないの？」

「大学卒業して外資のでかいネット系の会社に勤めてたって言わなかったか？」

「…聞いてない」

「そうか、店に来る客には言ってたんだけどな」

俺は、ずっと彼のことを知りたくなかったから、尋ねもしなかった。付き合うようになってからは、マスターに申し訳なくて、『歯車』にも行かなかった。

「で、入社してすぐにアメリカ連れてかれて、向こうでプログラマーやってたんだ。でも結構ハードな仕事で、一人暮らしで、料理もできないからジャンクフードで過ごしてるうちにまいったな、と思って日本に帰ることにしたんだ。アメリカの会社は社員が開発したものの特許は個人に帰属させてくれるから、そのパテント契約で元の会社から金もらって、子会社みたいなもんをこっちに作る許可も取ってきた」

「アメリカの大手企業の直営子会社…？」

耳を疑う言葉だ。

「で、その手続きやら会社の場所やらが決まるまで暇だって言ったら、叔父さんとこ手伝えって言われて」

「だって、お前そんな素振りも何も見せなかったじゃないか。手続きとか物件探してるとかも」

「そういうのはみんな親会社の弁護士がやってくれてる。で、めでたく会社の場所も決まったんで、今の仮住まいから、ちゃんとしたとこへ引っ越そうかと」

いつまでも何もなかった部屋。

がらんとしていたのに、パソコンだけはタワー型のちゃんとしたものが置かれていた。

ベッドが汚れることも気にしなかった。

確かにテレビもパソコンだとか、電車もスマホで乗るとか、ネットライズされた生活だったけど、それは今時の若い子なら珍しいことではないと思ってたが、あれもネットの会社に勤めていたからか？

「大金持ちだって…、前言ってたけど…」

「一応。給料ドルでもらって、今円安だし。本気にしてなかったのか？」

「だって、立川ブランド物とか持ってないし」

彼はバリバリと頭を掻いた。

「ホント、司って可愛いよな。俺のバイク、何百万もするんだぜ」

タンデムしてる時、乗り心地はいいと思ってたけど…。

「…バイク…、疎いから」

「あんたとこの店、いくらランチが安くなってるって言っても、貧乏人が毎日通うには高くつくとか考えなかった？」

「全然…」

でも言われてみればそうだ。

ランチの価格設定は二千円前後。お金がない人間が毎日食べるなら、一食にかける価格としては高いだろう。

呆然としている俺に、彼はさらに続けた。

「じゃ、お前、本気で奈緒が俺のこと一途に待ってたと思ってあいつとくっつけって言ったんだな。ただヤるなら女にしろってだけじゃなく」

「違うのか？　大野って男が嘘をついたせいでお前が誤解したんじゃ…」

立川はふう、とため息をついてから、愛おしそうな目で俺を見た。

「あのな、俺が戻ってからどれだけ経ってあいつが来たと思う？　あいつに直接は連絡しなくても、ダチには言ってたんだ。本気で会いたかったらすぐ来るだろ」

かもしれない。

「今あいつが付き合ってる大野も、結構いいとこ勤めてるし、真面目なやつだ。だから『付き合い始めた』ってメールで知らせてきたんだ。その時ラブラブの写真とかも添付してきたんだぜ。大野が嘘ついたわけじゃねぇよ」

「でも…」

「誰かから、俺が思ったより金持ちになって帰ってきたって聞いて、慌ててヨリ戻そうとしたに決まってるだろ」

「まさか…」

俺はあの長い髪の女の子を思い浮かべた。

涙ながらに立川に縋っていた、健気な女の子の姿を。

あれが全部演技だったっていうのか？　彼女には申し訳ないことをしたとさえ思っていたのに。

「司って、年上ぶるけど、中身は子供みたいに無垢《むく》だよな」

彼はもう一度俺の頭を撫でた。

「『司』『司』気安く呼ぶな」

「いいだろ？　恋人なんだから。お前も朝也って呼べばいいじゃねぇか」

朝也…。

恥ずかしくて呼べるものか。

「立川は立川でいい」

「ま、そんなわけで、もっと広いとこに引っ越すよ。ベッドも、二人でゆっくり寝られる、こういうのを買うさ。何だったら一緒に住んでもいいぜ？」

何か悔しい。

セックスでもイニシアチブを取られて、収入も上で、これではまるで立川の掌の上で転がされてるようではないか。

俺の方が年上なのに。

「同居なんかしないよ。ここは賃貸じゃないんだから」

「貸せばいいだろ？」

「ここは俺の城なの！　それに、お前と同居なんかしたら身体が持たない」

だから折れたりするものか。

「不安なんだよ。お前んとこのシェフがお前にベタベタするし、ギャルソン達も仲よさそうだし、客も馴れ馴れしいし」

たとえ甘えるように擦りよってきても。

「ヤキモチ妬かせるなよ」

たとえ、激しいキスで攻めてこようとも。

「…ばかだな、俺が愛してるのは立川だけだよ」

腕を伸ばしてその身体を抱き締め、こんな言葉をくれてやるだけしかしてやらない。

少なくとも、今しばらくは…。

■あとがき■

皆様初めまして、もしくはお久しぶりでございます。火崎勇です。

このたびは『見つめ合って恋を語れ』をお手にとっていただき、ありがとうございます。

イラストの砂河深紅様、素敵なイラストありがとうございます。そして担当の、H様、色々とありがとうございます。

さて、このお話、お気づきの方もいらっしゃるでしょうが、『背中で恋を語るな』のスピンオフです。前作の主人公達と同じ店で働いていた他のキャラにスポットを、ということで今回は宮崎の恋バナとなりました。

実はアイデア段階では、青木とかオーナーの恋物語もあったのです。松苗は…、担当さんとの会話でチラッと出た程度かな。またいつか機会があったら、他の人のお話も書いてみたいですね。

で、宮崎。見かけは人付き合いもよく、遊び慣れてる感じの宮崎ですが、中身というか真剣な恋愛に対しては臆病でウブなところもあるのです。

一方、立川は宮崎よりずっとリベラルで柔軟。

なので、これから手をつないだり、デートしたり、揃いのカップを買ったり、旅行に行ったり。宮崎にとっては嬉しいけれど照れ臭くなるような恋人気分を味わわせてもらえることでしょう。

でも立川は中身はまだ子供なところがあるので、宮崎の昔の彼氏とか出てくると、ヤキモチ焼いて大変かも。相手は大人の男で、余裕を見せて、「君みたいな子供が宮崎を満足させられるのか？」なんて言われると、「心配してもらわなくても、毎回昇天させてるぜ」と答えて宮崎に怒られるとか。

立川の過去の恋人問題はカタがついたのですが、他の女性が告白してくると宮崎は弱気になりそう。宮崎に女性が近づくと、立川は「この人俺のだから」と平気な顔で言うんだろうけど。

でも、立川に男が言い寄ってきたら、ちゃんと宮崎も「これは俺の」って言えると思います。宮崎は過去のトラウマでノンケや女性にだけは弱いけど、自分のフィールドでは強気なのです。

実は豪快な立川に振り回され、宮崎は苦労しそうですが、それもまた嬉しいことなのでしょう。

それではそろそろ時間となりました。またの会う日を楽しみに。皆様ごきげんよう。

初出
「見つめ合って恋を語れ」書き下ろし

CHOCOLAT
BUNKO

この本を読んでのご意見、ご感想をお寄せ下さい。
作者への手紙もお待ちしております。

あて先
〒171-0021東京都豊島区西池袋3-25-11
CIC IKEBUKURO BUIL 5階
(株)心交社　ショコラ編集部

見つめ合って恋を語れ

2014年6月20日　第1刷

著　者:火崎 勇
発行者:林 高弘
発行所:株式会社　心交社
〒171-0021　東京都豊島区西池袋3-25-11
CIC IKEBUKURO BUIL 5階
(編集)03-3980-6337 (営業)03-3959-6169
http://www.chocolat_novels.com/
印刷所:図書印刷 株式会社

CHOCOLAT BUNKO

好評発売中！

汚してはいけない花ほど甘く獣を惹きつける。

花喰いの獣1〜2

火崎 勇　イラスト・亜樹良のりかず

組の解散を機にラーメン屋の店主となった篠塚を悩ませる幻像は、精神科医・多和田の淫らな姿だった。元極道の自分とは住む世界の違う清廉な多和田を汚すわけにはいかない…そう思い距離を置こうとするが、押し込もうとすればするほど、己れの中の獣が目覚めようとし——。

入ってくる——彼だけが俺の中に。

ただ一人の男1〜5

火崎 勇　イラスト・亜樹良のりかず

幼い頃のトラウマで、人間を『もの』としか見られない如月巳波。同居する元極道で今は不動産会社社長の尾崎一雅は男女構わずベッドに連れ込むような男だが如月にセックスを求めることはなく、如月も同居人以上の関係になるつもりはなかったのだが…。大好評シリーズ。